Société des publications pour l'Enfance
et la Jeunesse

CONTES

ET

RÉCITS

PAR

Mme de WITT née GUIZOT

DÉPOT :

CHEZ MM. H. FARGUES, A TONNEINS,
D. BONNEFON, A ALAIS,
SANDOZ, LIBRAIRE, A NEUCHATEL (SUISSE).

1872

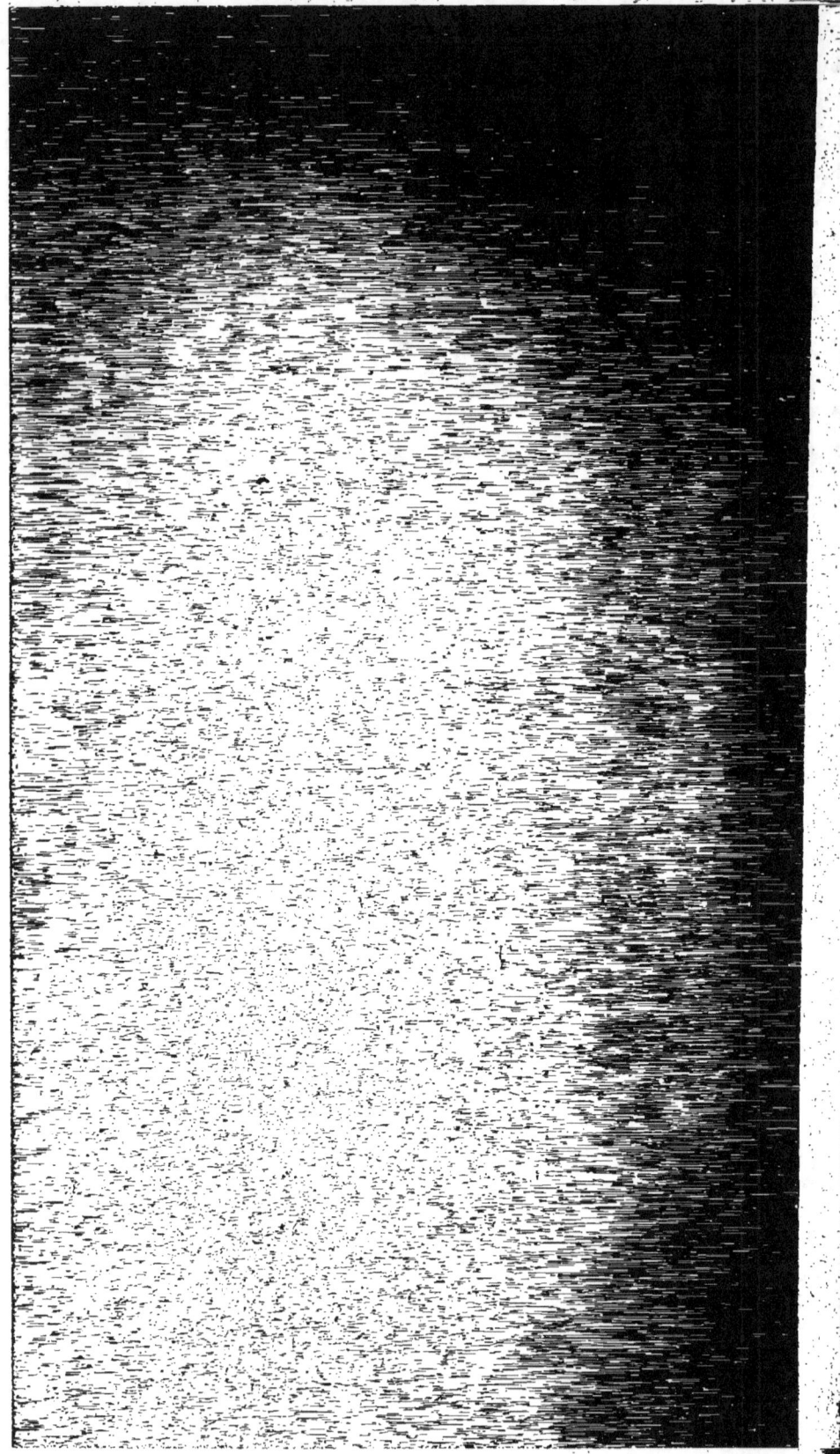

CONTES ET RÉCITS.

TOULOUSE. — IMPRIMERIE A. CHAUVIN ET FILS, RUE MIREPOIX, 3.

CONTES

ET

RÉCITS

PAR

Mme de WITT née GUIZOT.

DÉPOT :

CHEZ MM. H. FARGUES, A TONNEINS;

D. BONNEFON, A ALAIS;

SANDOZ, LIBRAIRE, A NEUCHATEL (SUISSE).

1872

CONTES ET RÉCITS.

LE PORTRAIT DE MA MÈRE.

J'étais seule dans le salon ; j'écrivais. Le jour commençait à tomber ; dans les rues de Paris, en hiver, la nuit vient de bonne heure, et je me hâtais pour profiter d'un reste de lumière. Tout à coup la porte s'ouvrit ; mais je ne relevai pas la tête : mon oreille exercée avait reconnu les petits pas d'un enfant ; j'avais entendu les efforts convulsifs pour arriver à la serrure, les tentatives répétées pour tourner le loquet, et lorsque la porte roula enfin sur ses gonds et qu'on entra triomphalement, je savais d'avance que je ne serais pas longtemps en repos et que ma lettre, qui était pressée, aurait grand'peine à s'achever. Je n'attendis pas une minute.

— Maman, disait une petite voix tout près de moi ; maman, voulez-vous me donner une *pique ?*

Ma petite Suzette n'avait pas voulu apprendre le vrai nom des épingles et les désignait toujours par la qualité dont elle avait l'expérience.

Je ne répondis pas, j'écrivais toujours.

— Maman (cette fois la petite main s'était posée sur mon bras, heureusement sur le bras gauche), maman, puis-je avoir une *pique ?*

— Laisse-moi trauquille ; il faut que je finisse ma lettre.

— Mais, maman ! (les petits bras s'étaient glissés autour de mon cou) mais, maman ! ma fille est toute déshabillée : j'ai besoin d'une *pique* pour faire tenir sa robe... Et Suzanne m'embrassait en me montrant la poupée dont le costume était, en effet, dans un état déplorable.

La pendule sonna. Je n'avais que cinq minutes pour achever ma lettre avant l'heure de la poste ; je repoussai doucement ma petite fille :

— Tu n'as pas besoin d'une épingle: tu te piquerais les doigts ; pourquoi as-tu arraché les cordons des affaires de ta poupée ? dis-je très-vite ; et je me remis à écrire.

Suzanne avait cessé de m'implorer; ma lettre était achevée et je l'avais donnée à mon fils aîné pour la porter à la poste, lorsqu'en revenant dans le salon, mes regards furent arrêtés par un joli spectacle. Suzanne, repoussée par moi, était montée sur un fauteuil placé contre le mur, au-dessous du portrait de ma mère, de ma mère, morte jeune, et dont la beauté rayonnait doucement dans la chambre tout entière, comme si elle l'eût habitée avec moi. Les lèvres de la petite fille touchaient le bord poudreux du cadre ; elle levait sur le portrait des yeux suppliants : « Grand'mère, une *pique !* » disait-elle, attendant avec confiance, de la mère de sa mère, le plaisir que celle-ci lui avait refusé.

Je pris Suzanne dans mes bras, et pour la soustraire aux funestes propriétés de l'épingle demandée, j'habillai moi-même Mlle Clémence, rattachant les cordons et recousant les agrafes. Suzanne sautait de joie autour de moi : elle avait oublié son chagrin et sa requête. La lueur vacillante du feu éclairait seule le salon, et jetait de temps à autre un éclat bizarre sur le portrait de ma mère; il me semblait voir qu'elle était contente de moi.

La porte s'ouvrit de nouveau, brusquement et à grand bruit: mon plus jeune fils, Henri, entra en courant comme s'il était poursuivi et poussé par un bataillon invisible :

— Maman, criait-il tout hors d'haleine, c'est samedi ; la lampe n'est pas allumée, j'ai presque fini mon devoir; Ernest est très-avancé; Aline et Jeanne ont achevé leur tâche : racontez-nous une histoire pendant que vous n'avez rien à faire.

Et les cris du reste de la bande confirmèrent le message de l'ambassadeur.

Cinq enfants, et rien à faire! Qui est-ce qui le croirait? Je saisis mon panier, rempli de chemises taillées, de bas à raccommoder, de manches et de cols sans boutons.

— Qu'est-ce qui vous fait supposer que je n'ai rien à faire, monsieur l'insolent? demandai-je en riant; mais j'étais assise par terre, sur le tapis, devant le feu, dont j'avais voulu utiliser la lumière; la situation était funeste; tous mes enfants s'élancèrent sur moi, le grand écolier comme les autres ; on m'embrassait, on priait, on suppliait ; je me laissai faire.

— Quand j'étais petite... commençai-je.

— Ah ! c'est une histoire de maman elle-même quand elle était petite, dit Jeanne ; j'aime bien ça.

— J'aime bien ça, répéta Aline.

Suzanne en disait autant par esprit de corps.

— Taisez-vous donc ! crièrent les garçons : vous empêchez maman de parler.

— Quand j'étais petite, vous savez que je n'avais pas de mère ; je me souvenais à peine du jour où, après une courte maladie, elle avait disparu de ma petite vie ; ma tante m'élevait, et je voyais rarement mon père, fort occupé, et constamment en voyage pour ses travaux d'ingénieur.

— Grand'père ne voyage pas tant que ça, maintenant, remarqua Henri ; il a bien de la peine à descendre l'escalier.

— Grand'père a quatre-vingt-dix ans, repartit Aline d'un ton d'excuse.

Je repris :

— » Ma tante m'élevait, mais elle ne me laissait pas oublier ma mère, qu'elle avait tant aimée. Les faibles souvenirs, qui se seraient bientôt effacés dans l'esprit d'un enfant, étaient constamment ranimés par les histoires qu'on me racontait ; ma mère avait soigné sa petite fille quand elle était malade de la coqueluche ; elle la promenait dans ses bras quand elle toussait. Ma mère était habillée un soir pour aller dans le monde; j'étais souffrante dans mon berceau : je lui avais tendu les bras en pleurant et elle était restée. Autour de ces faits, qu'on me rappelait sans cesse, ma mémoire groupait les petits incidents que je me rappelais encore ; je voyais ma mère devant la cheminée , faisant chauffer un emplâtre de poix de Bourgogne pour mon pauvre petit dos; je l'entendais chanter quand je pleurais; je voyais encore les fleurs de la guirlande qu'elle avait ôtée pour rester auprès de moi. Le souvenir de ma mère régnait dans ma vie, comme il était toujours présent dans le cœur fidèle de sa sœur.

» Je crois, si on ne m'avait jamais parlé de ma mère, que son portrait eût suffi à entretenir sa pensée dans mon âme ; chaque soir, dans ma solitude, car j'étais bien seule, mes enfants, malgré les bontés de ma grand'mère et de ma tante ; je m'asseyais sur une chaise en face de ce portrait, — oui, ma petite Jeanne, celui qui est ici, — et je le contemplais en silence, parlant seulement au fond de mon cœur à celle qui n'était plus là pour m'entendre. J'étais bien petite, je savais à peine prier Dieu, mais je cherchais ma mère auprès de Lui, dans ce ciel où elle était heureuse, parfaitement heureuse, me disait-on ; pourquoi ne prenait-elle pas avec elle sa petite fille ?

» Ma tante était très-bonne ; elle m'aimait de tout son cœur, et m'élevait très-bien, mais elle avait eu beaucoup de chagrin dans sa vie ; elle n'était pas naturellement caressante et elle me grondait plus souvent qu'elle ne m'embrassait. Ma grand'mère était plus tendre, mais ses infirmités ne lui permettaient pas de quitter sa chambre : il fallait deux heures le matin pour l'habiller, et presque autant le soir pour la coucher ; elle ne dînait jamais à table ; j'étais donc seule avec ma tante, qui craignait que mon babil ne fatiguât ma grand'mère ; je n'entrais pas chez elle sans une permission expresse. »

— Pauvre maman !

Henri m'embrassait; Suzanne, debout devant moi, ouvrait de grands yeux.

— Une permission pour entrer ! répétait-elle tout bas. (Elle qui entrait partout, chez son père, chez son grand'père, sans taper à la porte !)

— Chez maman tout le monde entre tant qu'on veut, dit Aline.

Le fait était si évident qu'on imposa silence à l'orateur, et le récit recommença.

— « J'étais seule, un jour, dans le salon, occupée à écrire mon devoir. La grosse chatte de ma grand'mère, une belle chatte angora aux poils tigrés, à la queue énorme, aux pattes souples et fines, s'était endormie sur mes genoux. Je jouais avec ses soies au lieu de travailler ; il faisait froid, et l'électricité rassemblée dans la fourrure de la chatte faisait craquer tous les poils. Je passais et repassais ma main sur son dos, sous son ventre, sans m'inquiéter des petits grognements que poussait de temps à autre Mlle Fatine, qui n'approuvait pas mes expériences. C'était par hasard que je me trouvais dans le salon : les ramoneurs étaient en possession de ma salle d'études et je n'avais été admise dans le sanctuaire réservé aux visites qu'à condition de prendre garde à mon encrier, à ma plume, à mes doigts, et ma tante m'avait recommandé tant de choses que j'avais tout oublié.

» La patience des chats a ses limites: à force de caresser Fatine à rebrousse poil, j'avais aigri son caractère: tout à coup, elle me donna un coup de griffe sur la main: le sang jaillit; je repoussai l'animal avec colère : elle bondit sur la table, troublée, éperdue; elle heurta mon encrier, très-mal posé sur sa base, et, s'enfuyant en toute hâte, elle me laissa en face d'un lac d'encre s'étendant lentement, mais sûrement sur le beau tapis oriental, tandis que je contemplais alternativement le désastre et ma main griffée. »

— Vilaine Fatine! dit Suzanne : je la déteste !

— Je l'aurais tuée avec mon fusil, dit Henri.

— Comme tu n'as pas de fusil, tu feras bien de ne pas te vanter, ricana mon grand fils, admis depuis un an aux honneurs de la chasse.

— Ce n'était pas la faute de Fatine, s'écrièrent à la fois Aline et Jeanne, fort éprises des

— Ce n'était assurément pas la faute de Fatine, et je le sentais, malgré ma colère et mon trouble ; j'essayai en vain d'arrêter les flots d'encre. Plus je travaillais, plus j'aggravais le mal ; deux fois j'avais éloigné l'encrier renversé, créant ainsi des îlots noirs sur les points encore intacts. Mes mains étaient remplies d'encre ; tout ce que je touchais en portait les traces : ma robe et mon visage étaient presque aussi noirs que le tapis. Ma tante entra.

— Oh ! maman ! murmura Aline.

Suzanne riait : elle ne reculait jamais devant le péril.

« Du premier coup-d'œil, ma tante avait compris la situation.

» — Tu jouais avec le chat au lieu de travailler ? me dit-elle. Son regard perçant avait découvert les poils encore attachés au-devant de ma robe.

» — Oui, ma tante.

» — A vous deux vous avez renversé l'encrier ?

» — Oui, ma tante.

» — Et le beau tapis de ma mère, que ton père lui avait rapporté de Constantinople est complétement perdu ! ajouta ma tante qui venait d'examiner le dommage.

» Je ne demandai pas comme certaine petites filles :

» — Est-ce qu'on ne peut pas le laver ?

» Je savais, par une cruelle expérience, que les taches d'encre ne disparaissent jamais complétement, à moins de faire un trou à force de frotter ; mais j'avais oublié la provenance du tapis et mon repentir s'en accrut.

» — C'est vrai : c'est papa qui l'avait rapporté. Il est à Constantinople ; je lui écrirai ce que j'ai fait, il m'en apportera un autre... » pensai-je en moi-même ; mais je ne disais rien ; je restais debout devant ma tante, mes deux mains noires serrées l'une contre l'autre.

» — Est-ce la faute de Fatine ou la tienne ? demanda ma tante ; — elle avait coutume de m'interroger ainsi, ne me condamnant jamais sans m'avoir entendue.

» Je regardai la table, le tapis couvert d'encre, ma robe abîmée, les taches noires qui s'étendaient sur le parquet ; le crime me paraissait de plus en plus grand ; une excuse m'était offerte : j'allais accuser Fatine. C'était elle, après tout, qui avait renversé l'encrier : je n'y avais pas touché du bout des doigts :

» — C'est Fat..., avais-je déjà commencé ; mais mon regard était tombé sur le portrait de ma mère. Un rayon de soleil l'éclairait en ce moment ; son angélique visage semblait sortir de la toile et ses yeux si doux cherchaient son enfant. Je crus l'entendre dire : « O Marie, ma petite Marie, prends garde ! »

» — C'est Fatine qui a renversé l'encrier, ma tante, repris-je courageusement ; mais elle se sauvait parce que je l'avais tourmentée.

» — Va-t'en changer de robe et envoie ici Jacques pour nettoyer le parquet, dit sèchement ma tante : tu n'auras que du pain sec à déjeuner.

» Je sortis, le cœur encore gonflé de l'effort que je venais de faire : ma tante n'était pas bien fâchée, je le sentais, mais j'aurais voulu rester encore un moment dans le salon pour regarder le portrait de ma mère : « Elle doit être contente, » me disais-je, « mais comme j'ai été près de dire un mensonge ! » Je frémissais encore à l'idée du péril. »

— Et Fatine, a-t-elle été punie ? a-t-elle eu du pain sec pour son déjeuner ? demanda

Suzanne, qui n'avait pas bougé depuis dix minutes tant son anxiété était vive.

— Fatine ne mangeait jamais de pain, j'en suis sûre, et les bêtes ne comprennent pas, dit sentencieusement Aline.

Henri s'était glissé tout près de moi ; il m'embrassait en silence ; tout à coup, il me dit à l'oreille :

— Je n'ai pas besoin d'un portrait, moi, maman : je n'ai qu'à penser à tes yeux... tes yeux vivants !

Et le pauvre petit me serrait à m'étouffer.

— Le portrait de ma mère était pour moi la voix de ma conscience, parlant au nom de Dieu, dis-je à mon garçon en l'embrassant à mon tour ; moi je crie quelquefois plus haut encore, mais c'est toujours au nom de Dieu.

LE TAS DE CHIFFONS.

C'était au mois d'août 1870 ; une petite charrette était arrêtée devant la grande porte d'une vieille habitation, naguère encore un manoir. Le cheval baissait la tête pour saisir les touffes d'herbes qui poussaient sur le seuil ; un petit garçon de huit à dix ans le tenait par la bride, faisant parfois claquer le fouet au grand émoi du patient animal. La charrette était encore à demi remplie de paquets de linge.

« On dirait un jour de lessive, » pensait le petit paysan ; « seulement, comme la maîtresse aurait à faire, si elle voulait raccommoder tout ça ! »

La maîtresse paraissait au même instant, accompagnée d'un homme qui portait une blouse par-dessus sa redingote.

— Oui, madame, disait-il, tout ce dont on a pu se priver dans ma commune est là; vous savez que nous ne sommes pas riches, mais il n'y a personne qui n'ait donné au moins une chemise.

Et il soulevait d'un bras robuste cinq ou six paquets de linge, les jetant aux pieds de Mme Deaulieu, qui s'en empara aussitôt.

— Ne vous gênez pas, M. Brion, dit-elle d'un ton résolu qui portait la confiance chez ceux qui l'écoutaient; Pierre et moi nous porterons bien ça au salon. Remerciez pour moi Mme Brion: elle a pris bien de la peine pour réunir tant de linge.

Le paysan avait déjà le pied sur la roue; il se retourna:

— Dame! madame, dit-il vivement, sans compter qu'elle avait bonne envie de vous faire plaisir: son fils peut être blessé tout comme un autre, et elle sera contente de penser qu'il ne manquera ni de chemises ni de chiffons pour le panser. N'oubliez pas surtout, madame, les noms dans le journal; que ceux de la commune sachent que je n'ai pas mis leur argent dans ma poche.

Il riait à cette idée; Mme Deaulieu riait aussi.

Le père Brion, comme tout le monde l'appelait, eût aisément payé deux fois toute la souscription de sa commune sur le bénéfice d'un jour de marché.

La charrette avait disparu sous le ciel bleu, dans la longue avenue de vieux ormes qui conduisait au manoir. Mme Deaulieu la regardait s'éloigner dans un accès de rêverie inaccoutumée; Pierre la contemplait avec étonnement: il était habitué à voir sa maîtresse toujours active, toujours prévoyante, quelquefois pressée; il ne comprenait pas la tristesse qui se peignait sur les traits expressifs de Mme Deaulieu. « Depuis quinze jours en campagne, et déjà! » murmurait-elle. Pierre saisit ces paroles; il comprit: le pauvre petit paysan, élevé par charité, ressentait avec passion les défaites nationales.

— Ce sera bientôt notre tour, madame! dit-il tout haut, répondant à la pensée de sa maîtresse.

Elle tressaillit:

— Dieu le veuille ! dit-elle. Aide-moi à porter ceci.

Et, moitié portant, moitié poussant les lourds paquets, la dame et l'enfant entrèrent dans le salon.

C'était un curieux spectacle : cette pièce, habituellement si propre, si soigneusement ordonnée, dont pas un grain de poussière ne souillait le parquet ni les meubles, était maintenant transformée en atelier de chiffonnier. Une jeune fille blonde, mince, leva ses yeux brillants au bruit des pas.

— Encore des paquets, ma tante ! s'écria-t-elle avec un effroi comique. Saint-André-le-Parfourru avait donc bien du vieux linge?

— Ce n'est pas toujours ceux qui ont le plus qui envoient les meilleurs morceaux ! repartit vivement une jeune femme assise à terre et classant rapidement chemises, draps, mouchoirs dans les paquets ouverts devant elle : voilà l'envoi de la mère Pilon avec ses six enfants ; le linge est propre, raccommodé ; il y a de quoi pourvoir un blessé, presque sans y regarder ; si Mme Desbones voyait cela à côté de son paquet, j'espère qu'elle aurait honte. Il faudra laver tout cela ; et je crois, après tout, qu'on n'y trouvera rien de bon, ajouta-t-elle en repoussant du pied un amas de vieux chiffons sans nom, envoyés par la femme d'un riche marchand.

— Ah ! c'est qu'elle n'a pas d'enfants ! dit Mme Deaulieu avec une bonté franche. Coupez tout cela en compresses, quand ce sera propre, et je parie que vous en ferez encore un bon usage !

— Comme si ma tante avait des enfants ! murmuraient ses nièces en jetant les chiffons de Mme Desbones dans un sac destiné à la lessive : elle qui perd le boire et le manger à travailler pour les blessés !

— Ah ! c'est qu'elle aime la France, disait Madeleine. Et le même amour brillait dans le regard de la jeune fille qui avait repris sa tâche et cousait de longues bandes de toile que sa cousine roulait avec rapidité. Mme Deaulieu, penchée sur les paquets de linge, les dénouait les uns après les autres, décousant les étiquettes qu'on empilait dans un coin ; chacun avait tenu à envoyer son nom.

— Il y en a pourtant plus d'une qui aurait aussi bien fait de se taire, disait à sa compagne l'une des deux servantes occupées à plier des compresses. — Mme Deaulieu était minutieuse : elle exigeait la régularité dans la taille des morceaux de linge ; les piles diverses s'élevaient sur la table ; on ne parlait guère, et on riait tout bas. Au fond du cœur tout le monde était triste et inquiet.

— Combien aurons-nous de caisses demain, ma tante ? demanda tout à coup Laure Pierret, qui avait achevé de rouler les bandes et raccommodait une chemise.

— Trois, je crois ; malgré vos médisances, il y a beaucoup de beau linge dans l'envoi de Saint-André, et les draps seuls rempliront une caisse.

— Mon mari dit que c'est ce dont on a le plus grand besoin, reprit la jeune femme. M. Pierret, jeune médecin de grande espérance, avait offert ses services à la Société de secours pour les blessés, et il venait de quitter Paris avec la première ambulance, pour soigner les malheureux déjà gisants sur les champs de bataille. Sa femme n'avait pu obtenir de l'accompagner. « Dans un hôpital, à la bonne heure, » avait-il dit ; « mais une ambulance à la suite des armées, non ; » et Mme Pierret comptait se présenter pour soigner les pauvres blessés à l'hôpital de la ville voisine, lorsque sa tante avait annoncé le projet de recevoir des blessés chez elle. « Nous les consolerons en leur parlant des victoires qu'ils ont aidé à gagner, » disait-on au début de la guerre ; maintenant on ne parlait plus de victoires, mais Madeleine ne permettait pas qu'on perdît courage. « Ce sera bientôt notre tour, » disait-elle, comme le petit Pierre, qui l'écoutait et répétait ses paroles à la cuisine.

— Mademoiselle dit qu'on ne les laissera pas aller loin comme ça !

Les servantes avaient toutes un frère ou un cousin à l'armée ; les régiments de gardes mobiles commençaient à se mettre en marche. « Les gens mariés partent, » disait-on, et on pleurait. Personne n'avait l'idée de refuser le service, mais l'espoir avait fait place à l'inquiétude; la guerre n'avait jamais été populaire dans les campagnes ; maintenant, on partait avec tristesse, et les femmes ramassaient dans leurs armoires tout le linge dont elles pouvaient disposer : « Il y aura beaucoup de blessés, » disait-on, « car on va se battre durement. »

Chaque jour amenait de nouvelles tristesses,

mais chaque jour amenait aussi de nouveaux efforts. Le manoir de Crépigny était toujours rempli de linge, malgré la quantité de caisses qui partaient chaque semaine. Rien n'entrait plus à Paris ; les désastres successifs avaient amené l'ennemi aux portes de la capitale, qui commençait en silence son héroïque résistance ; mais M. Pierret écrivait à sa femme et on avait pu lui faire arriver une provision de linge dont il avait grand besoin ; les hôpitaux et les ambulances s'organisaient partout. Dans la salle à manger, à Crépigny, se dressaient six lits soigneusement arrangés attendant des blessés.

— C'est ceux-là qui auront de la chance, disait Pierre, plein de confiance pour les soins de Mme Deaulieu.

— Vous voulez donc que je dîne au milieu des chiffons ? demandait le maître de la maison, vieux savant infirme, tendrement occupé des malheurs de son pays, mais plus habituellement absorbé par les textes qu'il révisait, dans son cabinet, pour sa grande édition des classiques latins.

La table était dressée dans le salon ; des piles de chemises raccommodées et à raccommoder, des draps, des bandes, des compresses encombraient tous les coins.

— Il n'y a pas de chiffons, monsieur, dit gravement Pierre qui achevait de mettre le couvert; le domestique plus expérimenté avait été incorporé dans un bataillon de gardes mobiles; on se passait de son service. « Heureusement, Pierre n'est pas assez grand pour partir, » disait Mme Deaulieu; et Pierre avait renoncé, par dévouement pour sa maîtresse, à son idée de s'enrôler comme tambour.

— Il n'y a pas de chiffons, monsieur, reprit l'enfant en plaçant les verres ; madame me les a donnés pour mon bénéfice, parce que c'est moi qui balaie le salon depuis que Désiré est parti, et j'en ai mis deux grands sacs dans la remise.

— Qu'est-ce que tu en feras? demanda M. Deaulieu en riant ; mais il n'écouta pas la réponse. Le petit domestique avait rougi.

« Je les vendrai, » marmottait-il, « et puis on verra. » En attendant le moment de la décision, Pierre ramassait soigneusement tous les chiffons.

La salle à manger de Mme Deaulieu était

pleine ; au lieu des visages colorés, des joues hâlées, des mains robustes qu'on avait vus souvent autour de la table quand Mme Deaulieu donnait à dîner aux gros fermiers des environs, on ne voyait que des visages pâles, des yeux brillants de fièvre ou languissants de cette inconcevable langueur que laissent après elles de longues souffrances. Les mains des soldats étaient rudes naguère, maintenant elles étaient blanchies par la perte du sang, amaigries par les privations et la maladie. Mme Deaulieu et Mme Pierret n'avaient plus le temps de couper des compresses ou de raccommoder des chemises ; la cuisinière faisait des bouillons ou de la gelée ; les autres servantes lavaient le linge et faisaient les lits des blessés. Madeleine et Pierre suffisaient seuls aux montagnes de vieux linge qui s'entassaient encore dans le salon.

— Il y en aura donc éternellement ! disait Madeleine, en laissant retomber ses bras avec désespoir, à la vue d'une charrette montant lentement l'avenue. A nous deux, ça ne va pas vite ; personne ne nous aide plus, mon pauvre Pierre ; si ma tante voulait me permettre de soigner les blessés !

— Alors, je serais seul, mademoiselle, dit gravement Pierre, et je mettrais tout dans le sac aux chiffons, ça serait plus vite fini.

— Quel sac tu aurais bientôt ! Et Madeleine, qui se mit à rire, reprit courage et se remit à l'œuvre. « Je ris pour ne pas pleurer, » disait-elle quelquefois quand son oncle s'étonnait de sa gaieté. Mme Deaulieu, au milieu de sa constante activité, s'arrêtait alors avec inquiétude pour regarder la jeune fille. Madeleine disait vrai ; les larmes l'étouffaient souvent. Mme Pierret avait renoncé à lire devant elle les lettres de son mari, avec leurs douloureuses peintures des retraites précipitées, des hôpitaux improvisés, des privations et des souffrances : « Madeleine en rêverait la nuit, » disait-elle. Pour elle, la petite salle des blessés était une inappréciable consolation : il lui semblait qu'elle aidait son mari dans son œuvre de charité patriotique ; les yeux caves des malades s'éclairaient quand la jeune femme s'asseyait à côté de leurs lits.

Les sacs de chiffons avançaient plus vite que par le passé ; on avait toujours ouvert d'abord les paquets de bonne apparence, bien faits, enveloppés dans du linge blanc ; les mouchoirs noués par les coins, les rouleaux noircis, les vieux bissacs attachés avec une corde avaient été peu à peu négligés et repoussés dans les coins obscurs. Avec la diminution des arrivages, il fallait bien attaquer ces misérables réserves. « C'est mon assaut à moi, » disait Madeleine qui sentait battre son cœur à l'idée d'un véritable assaut contre les rangs pressés de l'ennemi. Pierre dénouait les ficelles que les doigts délicats de la jeune fille ne pouvaient vaincre, et quels amas de loques se révélaient aux regards! on avait dit, dans tous les villages :

« Envoyez ce que vous avez; on se sert de tout. »

Et les vieilles bretelles, les morceaux coupés aux blouses déchirées, les pantalons impossibles à raccommoder étaient venus s'entasser dans le salon du manoir de Crépigny. Chaque soir Pierre emportait à la remise un grand sac de chiffons; chaque dimanche, il prenait le petit âne, habitué à se reposer ce jour-là.

— Madame a dit qu'on pouvait l'employer, puisque c'était pour une œuvre de charité, expliqua Pierre à sa mère, pauvre veuve, travaillant rudement dans le bourg voisin et qui s'étonnait de le voir arriver en voiture.

— Tu as donc dit à Madame ce que tu voulais faire des chiffons ? demanda la mère.

Pierre rougit.

— Je n'ai pas eu besoin de le dire ; elle l'a bien deviné. « C'est pour ça que je t'ai donné les chiffons, » m'a-t-elle dit en riant. « J'ai pensé que tu n'avais rien à mettre dans le tronc. » Mais j'aurai quelque chose quand le père Maillet m'aura payé. Pense donc : Madame a donné l'argent du mois à tout le monde avant hier, et hier, samedi, quand on a ouvert le tronc qui est dans l'antichambre, et sur lequel Mlle Madeleine a écrit : « *Pour les blessés,* » j'ai vu une pièce de cinq francs dans les sous ; je crois bien que c'est Césarine qui l'y a mise : elle est riche, elle ; sa mère est bien, et elle a bon cœur.

Tout en bavardant, Pierre aidait sa mère à trier les chiffons ; la pauvre journalière, qui vivait à grand'peine du travail de ses mains, se couchait tard et se levait plus tôt qu'à l'ordinaire pour classer les chiffons qu'apportait son fils et que les marchands ambulants payaient un meilleur prix, lorsque les morceaux de couleur étaient séparés des morceaux blancs, la toile du coton, etc. C'était tout ce que pouvait faire la pauvre femme, mais elle servait le pays à sa manière. — « Je n'ai rien à donner, pas même du temps, » disait-elle ; mais elle avait contribué à entretenir, dans le bourg des Claires-Fontaines, un véritable élan patriotique. « Quand la mère Lamy travaille soir et matin, dans les chiffons des blessés, » disait-on, « il est temps que tout le monde s'y mette, » et le dimanche, elle avait souvent des visiteurs dans sa pauvre petite maison : « Je viens vous aider à trier les chiffons, » disaient les femmes. Chacun savait que Pierre n'en voulait pas tirer un bénéfice personnel.

Ce jour-là, plusieurs personnes étaient assises auprès de la petite table : de pauvres mères de familles, des jeunes filles en service dans le bourg ; on parlait de la guerre, qui remplissait seule toutes les pensées et tous les cœurs ; on parlait des prisonniers, si nombreux déjà et dont la foule grossissait chaque jour. Dans le bourg, plus de dix maisons pleuraient la perte d'un de leurs enfants mort ou prisonnier : « C'est tout un, » pensait-on.

Tout à coup, une jeune fille poussa un cri : c'était la servante de M. le maire, grande et forte fille qui avait beaucoup d'ouvrage, mais qui avait de bons gages qu'elle donnait à sa vieille mère pour l'aider à vivre, dévouement filial assez rare parmi les paysans. Elle secouait son doigt.

— Je me suis piquée, disait-elle : il y a une aiguille dans tes chiffons, mon Pierre.

Pierre protestait, il se défendait: Mlle Madeleine ramassait toujours soigneusement les aiguilles.

— Il y en a une cependant, persistait Séraphine en essuyant le sang dans son mouchoir.

En cherchant bien, on trouva l'aiguille; on se moquait de Pierre.

— C'est comme un fait exprès, s'écria-t-il; c'est pour vous faire savoir que le tour des chiffons est passé et qu'il faut faire quelque chose avec son aiguille. Si vous voyiez le salon chez nous, depuis hier! tous les paquets de linge sont entassés dans un coin; d'ailleurs, il n'y en a plus guère de bons et on pourrait bien tout mettre du coup dans mon sac. Sur toutes les tables, il y a des rouleaux de drap : c'est la voiture de M. Laniel qui a apporté tout ça de la ville. Madame va couper des habits pour envoyer là-bas aux prisonniers.

Aux prisonniers ? On se regardait, Séraphine rougit ; le grand Tranquille qui lui avait souvent parlé doucement, était *là-bas*, comme disait Pierre, et dans une lettre qu'il avait trouvé moyen d'écrire à ses parents, il n'avait pas oublié Séraphine. La mère de Pierre reprit :

— Ça va lui coûter gros à Madame, si elle veut seulement envoyer un pantalon ou une veste à tous ceux de chez nous !

— Mais non, criait le petit domestique, vous ne comprenez donc pas ? Chacun fait ce qu'il peut, comme dit Madame, et puis on s'en remet à Dieu. Ceux qui fabriquent du drap donnent leur drap ; Madame, Mme Pierret, Mlle Madeleine travaillent toute la journée à tailler l'étoffe ; il a chez nous un pauvre blessé, qui va mieux, et qui était tailleur de son état : il a montré comment il fallait s'y prendre ; il a voulu hier s'asseoir sur la grande table du salon les jambes croisées, comme ils font, pour enseigner à coudre un pantalon, et puis il s'est trouvé mal ; il a fallu l'emporter sur son lit et lui donner du bouillon. Quand tous les petits morceaux sont taillés, on les roule ensemble, et il faudra maintenant des aiguilles pour les coudre, avec des doigts au bout pour tenir l'aiguille, par exemple !

Pierre s'arrêta tout essoufflé de son long discours. Il était temps de rentrer au manoir; il attela le petit âne, qui avait mangé de l'herbe au bord du chemin, et il repartit en faisant claquer son fouet, non sans s'être penché un moment vers l'oreille de sa mère.

— Je te le promets, dit-elle ; je trouverai le temps un de ces soirs : tu auras l'argent dimanche !

Pierre fut un peu en retard pour mettre le couvert, mais personne ne s'en aperçut ; les tables du salon étaient encore couvertes de morceaux de drap. Après avoir été à l'Eglise, Mme Deaulieu avait repris sa tâche :

— C'est une œuvre de miséricorde, avait-elle dit, digne du saint jour du dimanche ; et elle ramassait les derniers rouleaux d'étoffe comme la cloche du dîner sonnait enfin.

Pierre n'eut que le temps de donner un coup de balai avant l'entrée de M. Deaulieu dans le salon.

— Il me semble que les prisonniers me font au moins autant de tort que les blessés, dit le savant en regardant la pendule ; mais il souriait.

Il eût volontiers donné tous ses livres, et même sa grande édition des classiques, presque terminée maintenant, pour le soulagement des blessés ou des prisonniers dont le triste sort reparaissait sans cesse devant ses yeux, au grand détriment des textes latins qu'il consultait.

— Mon oncle, s'écriait Madeleine, qui étirait ses bras d'un air fatigué, vous seriez-vous imaginé qu'il y avait trente-deux morceaux différents dans chacun de vos pantalons et vingt-huit morceaux dans vos gilets ?

— Trente-deux, vingt-huit ! répétait M. Deaulieu d'un air stupéfait en passant la main sur ses habits comme s'il les croyait déchirés ou rapiécés: ma garde-robe est donc en bien mauvais état ! Tant pis ! ajoutez un trente-troisième morceau, si vous voulez ; ce n'est pas le moment de faire des dépenses !

— Mais non, mon oncle (et Mme Pierret riait à son tour), vous n'avez pas compris Madeleine : vos habits ont tout autant de pièces lorsque le tailleur les apporte ; il faut trente-deux morceaux, drap ou doublure, pour faire un pantalon, et vingt-huit pour faire un gilet ! Jugez du nombre de morceaux que nous avons coupés aujourd'hui ! J'en ai mal aux mains !

Le savant haussa les épaules.

— Ce sont des mystères de femme ou de tailleur ! dit-il, je n'ai pas la prétention d'y rien comprendre. Tout ce qu'il me faut, c'est que les prisonniers soient vêtus. Faites-leur des blouses, si ça va plus vite.

Pierre écoutait tout en donnant les assiettes. Trente-deux morceaux dans un pantalon ! Jamais les femmes du bourg ne pourraient arriver à coudre tout ça ensemble? « Elles qui n'en ont pas l'habitude ! » pensait-il, « et les ouvrières ne voudront pas travailler pour rien ! Qui est-ce qui va faire tous ces habits ! Mlle Madeleine n'a pas besoin de se tant fatiguer à les couper ! »

Pierre se trompait. L'aiguille avait parlé à Séraphine du pauvre Tranquille grelottant de froid en Allemagne. Séraphine avait parlé à son tour; les autres trieuses de chiffons en avaient fait autant. Le même cœur battait alors dans toutes les poitrines; avec plus ou moins de dévouement, plus ou moins de zèle et de courage, tous étaient animés de la même pensée, possédés par le même désir. C'était la consolation des mauvais jours que cette union de tous les enfants de la patrie pour la défendre, pour la relever, pour panser les plaies d'une guerre longue et douloureuse. Chaque soir, à la nuit tombée, quand les journées étaient finies, une ou deux femmes montaient du bourg jusqu'au manoir. Séraphine vint la première. Elle roulait son tablier dans ses doigts :

— Je pourrais bien faire un ou deux pantalons le soir à la veillée, dit-elle à Mme Pierret qui était venue lui parler.

La jeune femme la regardait avec étonnement.

— Mais vous êtes en service, n'est-ce pas? dit-elle.

— Notre maître a dit comme ça que ça ne lui faisait rien. D'ordinaire, je me raccommode à la veillée.

— Mais vous n'avez pas besoin de gagner ? insistait Mme Pierret.

— C'est pas pour gagner (et Séraphine parlait plus vite que de coutume), c'est pour rien, vous entendez bien, pour que ceux qui ont froid là-bas puissent avoir des habits.

Mme Pierret, touchée, alla chercher deux paquets, expliquant à Séraphine l'usage de chaque morceau. Elle regardait, embarrassée et troublée.

— Je demanderai à Marie Fourneaux de me bâtir le premier, dit-elle enfin résolûment; elle travaille pour les tailleurs, et je m'en tirerai bien après.

Elle emporta son ouvrage, et vingt femmes dans le bourg suivirent son exemple. Les vieilles dames, dont les yeux étaient trop fatigués pour coudre, proposèrent de tricoter des chaussettes. La femme du maire, occupée de ses nombreux enfants, paya quelques pauvres ouvrières qui se chargèrent des pantalons et des gilets qu'elle n'avait pas le loisir de confectionner elle-même. Mme Deaulieu et ses deux nièces avaient beau travailler dès l'aube jusqu'à la nuit close, elles suffisaient à peine aux demandes de travail gratuit qui arrivaient de toutes parts. Un bourg des environs proposa de se charger de la confection de deux cents pantalons! Madeleine laissa tomber ses ciseaux avec désespoir.

— Deux cents pantalons! disait-elle, et nous en avons déjà taillé cent cinquante!

Le drap s'épuisa avant la bonne volonté des ouvrières. Les caisses partaient chaque semaine, confiées aux bons soins des Comités étrangers qui venaient en aide à nos douleurs nationales ; les vêtements chauds, le linge, les livres allaient porter aux pauvres prisonniers le souvenir de la patrie et de ceux qu'ils aimaient. Mme Deaulieu avait beaucoup de peine à empêcher les paysans de placer des fruits dans leurs paquets.

— Les pommes sont si belles cette année, Madame ! disaient-ils. Bien sûr qu'ils n'en ont pas encore mangé une seule !

Il fallut une fois ouvrir une bourriche ficelée avec beaucoup de soin, à l'adresse d'un artilleur, en prison à Posen. Douze poires magnifiques reposaient au milieu des chemises et des chaussettes, enveloppées dans un gilet de tricot. L'odeur des fruits avait trahi la désobéissance. L'artilleur reçut son paquet en bon état, sans poires.

Chaque lundi, Mme Deaulieu ouvrait le tronc, elle avait remarqué que le dimanche y apportait souvent de nouvelles offrandes ; les paysannes qui venaient apporter des vêtements confectionnés, chercher du travail ou parler à

Mme Deaulieu, déposaient un sou ou deux dans cette petite boîte qui parlait à leurs yeux par sa croix rouge. Pierre était allé voir sa mère, emportant dans la charrette de l'âne les derniers sacs de chiffons, que Madeleine avait trouvé le loisir de remplir. En ouvrant le tronc, Mme Deaulieu laissa échapper un cri d'étonnement.

— Trente francs ! dit-elle : d'où sont-ils venus ?

Puis, rapide à peser les faits et à rapprocher les idées :

— Tu as été hier au bourg ? dit-elle à Pierre qui préparait la table pour le déjeuner.

— Madame sait bien !...

Mais la voix du petit domestique tremblait un peu, et il baissait la tête.

— Tout ça vient des chiffons ? reprit la maîtresse.

— Ce que je gagne est à ma mère, dit Pierre ; si j'avais quelque chose du mien, je l'aurais mis.

Mme Deaulieu enveloppa les trente francs de Pierre dans du papier et les envoya en son nom à la caisse des blessés.

— C'est le travail et le don des pauvres ! disait-elle. Si le pays tout entier veut travailler à se relever dans le même esprit qui l'a soutenu pendant la guerre, la grâce de Dieu aidant, nous aurons encore de bons jours!

LA RECHERCHE DU TRÉSOR.

— André, viens donc voir : j'ai quelque chose à te montrer, criait Denise de Lagarde, appelant à tue tête son frère aîné, pour lors occupé à préparer un devoir que son père devait corriger le soir même.

André mit la tête à la fenêtre.

— Je ne puis pas venir, répondit-il d'un ton plus modéré que celui de sa sœur, car le cabinet de son père donnait dans la salle d'étude, et il avait peur d'être entendu, — cet imbécile de thème est à peine à moitié, et je n'ai que le temps de l'achever.

— Moi, j'ai fini, criait toujours la petite fille; mon verbe est fait, mon ourlet est achevé;

j'ai récité ma leçon d'anglais et je la savais très-bien, n'est-ce pas, maman ?

Elle se retourna brusquement, Mme de Lagarde descendait les marches du perron, son chapeau à la main.

— Maman, c'est bien ennuyeux, continua-t-elle; André n'est pas prêt, et j'ai quelque chose à lui faire voir en secret, maman !

Et elle riait; sa mère aussi. Mme de Lagarde était accoutumée aux importants secrets de ses enfants, qui lui étaient révélés d'ordinaire avant la fin de la journée.

— Puisque tu es obligée d'attendre pour tes confidences, viens avec moi jusqu'au champ de la Fontaine ; je veux voir si l'avoine est coupée sur le versant, là où elle était si belle, tu sais bien ?

— Oh ! oui, nous nous sommes cachés un jour dedans, André et moi, et ma bonne m'a cherchée partout pendant un quart d'heure.

— Cela ne rendra pas probablement le coin du versant plus facile à couper : vous aurez brisé ou couché les tiges ; combien de fois vous ai-je défendu d'entrer dans les blés ?

— Ce n'était pas du blé, maman : c'était de l'avoine.

Mais Denise parlait très-bas, elle savait bien qu'elle donnait une mauvaise raison. On approchait du champ, on entendait déjà les rires et les chants des ouvriers, la voix du maître-valet qui donnait des ordres, et les pas des chevaux qui enlevaient les gerbes de blé dans une autre partie du champ.

— Voilà les chapeaux pointus des moyettes, criait Denise; et elle se mit à courir en avant, oubliant le récent avertissement de sa mère, uniquement préoccupée d'une idée qui venait de lui traverser l'esprit.

La moisson était achevée sur le versant; les longues tiges d'avoine, chargées de leurs grains nombreux, étaient couchées à côté les unes des autres, et les ouvriers étaient occupés ailleurs à lier les gerbes et à former les moyettes; déjà un bon nombre de *dizains* s'élevaient dans le champ, tous couronnés d'une gerbe renversée, formant ces toits pointus qui amusaient Denise. Mme de Lagarde causait avec le maître-valet, interrogeant chacun des ouvriers, hommes ou femmes, qu'elle connaissait tous, auxquels elle s'intéressait et qui avaient constamment besoin d'elle. Lorsqu'elle eût achevé ses conversations et passé son inspection de fermière, comme elle disait, elle se retourna pour appeler Denise : la petite fille avait disparu.

— Denise, Denise ! disait sa mère ; où te caches-tu ? viens vite. André aura fini, et tu pourras jouer avec lui.

Denise n'entendait pas ou ne répondait pas. Une jeune fille jeta la brassée d'avoine dont elle allait former une gerbe et courut au bout du champ.

— Mlle Denise, venez çà : Madame vous appelle.

Elle criait au milieu d'une rangée de moyettes ; pas un épi debout, pas un tronc d'arbre derrière lequel l'enfant pût se cacher ; où Denise avait-elle pu se réfugier ?

Tout à coup, une grosse moyette de blé s'ébranla légèrement ; les gerbes frémirent sur leur base, puis elles tremblèrent violemment ; le chapeau pointu s'affaissa subitement ; les javelles tombèrent en tous sens ; on entendit un petit cri, et la moissonneuse s'élança en avant : Denise était ensevelie sous les épis, entre les gerbes qui formaient le toit de la moyette dont elle s'était fait une cachette. Mme de Lagarde accourut au bruit. Denise était honteuse de son aventure ; les liens des gerbes s'étaient rompus en tombant ; le sol était couvert d'épis; le visage et les mains de la petite fille étaient écorchés par les chardons qui se trouvaient mêlés au blé. Elle pleurait tout bas. Sa mère lui prit la main sans rien dire : l'étourderie était assez punie. Denise baissait la tête et elle ne dit pas un mot pendant le retour à la maison. André était libre et l'attendait sur la terrasse ; le secret avait disparu de la mobile pensée de l'enfant : elle ne pensait qu'à sa cachette au milieu des gerbes, à la catastrophe qui avait suivi ; elle montrait ses mains, son cou, son petit visage tout enflé par les piqûres.

André était un grand garçon de douze ans ; il caressait sa petite sœur à moitié couchée sur ses genoux, se disant, à part lui, que s'il avait été dans le champ, il aurait relevé la moyette, relié les gerbes, et que personne n'aurait grondé sa petite Denise.

— Et ce secret ? demanda-t-il enfin; j'ai eu toutes les peines du monde à faire mon thème, tant j'étais préoccupé de ton secret.

La petite fille oublia sur-le-champ ses écorchures :

— C'est Pellier qui me l'a dit, murmura-t-elle d'un air important : les moines d'autrefois, tu sais bien, ceux qui étaient ici et qui avaient tant de maisons qui couvraient tout le jardin, à ce qu'on, dit, au moment de la Révolution française, *la Grande*, celle d'il y a bien longtemps, quand on a été si méchant, tu sais bien... ?

André fit signe qu'il comprenait.

— Eh bien ! les moines ont caché leurs trésors, on ne sait pas où ; personne ne les a retrouvés : on croit que c'est dans un souterrain, un souterrain très-long, très-grand qui allait jusqu'à l'église du village, et ils ont tout enterré, même leurs cloches d'argent !

André hocha la tête ; il était désappointé.

— Je sais ça depuis longtemps. Puisque personne n'a jamais découvert la cachette, les trésors des moines ne nous importent guère : si ce n'était que ça, je n'avais pas besoin de me tant dépêcher ; je suis sûr que j'ai fait un barbarisme dans mon thème : il y a un mot que je n'ai pas pris le temps de chercher dans le dictionnaire, tant j'étais pressé de venir te trouver pour savoir ton secret. Une autre fois, je saurai ce que valent tes confidences...

André était de très-mauvaise humeur, parce qu'il avait sur la conscience un devoir mal fait.

— Mais ce n'est pas tout, criait Denise, en retenant son frère par le pan de sa veste : tu m'as arrêtée comme j'allais te dire le plus beau. Hier, pendant que j'étais dans la cour aux chevaux (je ne sais pas pourquoi on l'appelle comme ça, on y met toujours les vaches), je portais le petit tabouret de Samuel, qui allait traire, et j'ai vu dans le fond du ravin, sous les ronces, quelque chose comme une porte, très-petite, basse, et qui a l'air très-solide ; j'ai demandé à Samuel s'il savait ce que c'était ; il a dit que non ; alors j'ai pensé tout de suite que c'était peut-être la porte du souterrain. Pense donc, si nous allions trouver les cloches d'argent !

André ne grondait plus : il écoutait gravement. Comment, au milieu de toutes ses courses dans la cour aux chevaux, quand il abattait des pommes, qu'il cueillait des orchis ou des *ne-m'oubliez-pas*, qu'il aidait les vachers à attacher une vache rebelle, n'avait-il jamais remarqué cette petite porte qui avait frappé les yeux de sa sœur ? Maintenant, il lui semblait bien se rappeler un amas de ronces, au fond du ravin, qui pouvait cacher une porte. Il saisit la main de Denise.

— Allons-y tout de suite ! s'écria-t-il.

— Aurons-nous le temps avant le dîner ? demanda Denise, prudente pour cette fois.

— Oh ! oui : il n'est que cinq heures ; viens, viens.

Et tous deux se mirent à courir, comme six heures sonnaient à la grande horloge du vestibule.

La cour aux chevaux donnait dans le parc par une barrière ordinairement fermée à clé ; mais André n'y regardait pas de si près : il escalada la barrière, traînant Denise après lui. Les vaches se retournaient en les voyant courir, mais aucune d'elles ne quitta la touffe d'herbes qu'elle broutait négligemment, et les enfants ne songeaient pas à s'effrayer des bonnes créatures au milieu desquelles ils avaient toujours vécu. Le ravin traversait le pâturage dans toute sa longueur, mais il était encombré par les ronces et les épines. Denise, triomphante, conduisait André tout droit au point dont elle lui avait parlé. Nulle part les ronces n'étaient plus touffues, nulle part les chardons ne s'élevaient en gerbes plus majestueuses. André eut un moment d'épouvante.

— Reste là, Denise, dit-il : tu te ferais piquer.

Et il descendit bravement dans le ravin. Les épines entravaient la marche ; les pieds de l'écolier, retenus à chaque pas dans un lien invisible, lui paraissaient attachés au sol par une puissance mystérieuse. « Je ne puis pas avancer, Denise, » criait-il ; « les vieux moines ont peur qu'on ne trouve leur trésor, » et il faisait des efforts inutiles pour se dégager : « je vois la porte à travers les buissons ; je crois qu'elle a une serrure. »

Ce nouveau détail embarrassait Denise :

— Comment pourrons-nous entrer, s'il y a une serrure ? disait-elle ; nous n'avons pas la clé.

— Il faudra enfoncer la porte ; mais, avant d'en venir là, il faudrait en approcher.

Au même instant André chancela ; son pied, accroché dans une liane de ronces, refusa le service ; il tomba tout de son long au milieu des épines.

Denise était restée tranquillement sur le bord du ravin ; mais en voyant tomber André, elle ne songea plus à sa défense ; elle se laissa glisser sur la pente hérissée de chardons, et roula, sauta, courut jusqu'à son frère qui se débattait au milieu des ronces. Les épines piquaient les petits bras, les petites jambes ; les cruelles lianes fouettaient le cou nu ; mais Denise, qui pleurait, ne s'arrêtait pas : elle tirait de toutes ses forces le lien épineux serré autour du pied de son frère. Il céda enfin ; André se releva : sa veste était déchirée, son pantalon blanc couvert de taches vertes, ses mains et son visage labouré par les épines ; il prit Denise par la main : ni l'un ni l'autre ne songeaient plus au trésor ; seulement, lorsqu'ils furent sortis du ravin, pendant qu'André essuyait les larmes de sa petite sœur avec un mouchoir en mauvais état, il se retourna vers la petite porte toujours silencieuse et cachée.

— Je viendrai demain avec une serpe, dit-il, et je couperai toutes ces vilaines ronces.

Denise sourit à travers ses larmes.

— Tu me laisseras venir avec toi, dit-elle.

Et tous deux hâtèrent le pas, car on entendait une cloche qui retentissait dans le lointain.

— C'est la première cloche, dit André : il

est plus tard que je n'avais cru; mais nous aurons bien le temps de nous habiller.

— Maman s'apercevra que je suis écorchée, dit tout bas la pauvre Denise. Elle regardait piteusement ses mains et tournait la tête pour voir les balafres de son cou qui lui faisaient tant de mal.

— Julie, va te laver : cela te fera du bien.

Et les enfants rentrèrent résolûment dans le vestibule.

O terreur! Mme de Lagarde, sa mère, deux amies qui se trouvaient en visite à Lagardie, et M. de Lagarde lui-même descendaient le grand escalier. La seconde cloche avait sonné; il était sept heures!

— D'où venez-vous, mes enfants? demanda tranquillement la mère; je vous ai cherchés partout.

Puis, apercevant la trace des larmes et le visage gonflé de sa petite fille, elle sauta légèrement les marches qui la séparaient encore du vestibule, et, sans plus faire de questions, elle entraîna ses enfants dans leur chambre pour les gronder et les soigner à son aise. Le tête-à-tête est préférable pour les parents comme pour les enfants. Denise avait encore les yeux rouges et le visage écorché lorsqu'elle reparut, au bout d'un quart d'heure; mais un canezou bien blanc cachait son cou et ses bras; elle se pressait contre sa mère, en lui donnant la main pour entrer dans le salon. André, déjà habillé, était debout auprès du fauteuil de sa grand'mère, vieille et infirme, mais toujours bonne et indulgente. On se mit à rire aux excuses de Mme de Lagarde sur le retard apporté au dîner; mais André n'osait pas lever les yeux du côté de son père. « Quand tu as des aventures, arrange-toi pour qu'elles ne gênent pas toute la maison, » avait dit M. de Lagarde. André pensait à son thème, que son père devait corriger après le dîner. « Je voudrais bien savoir si j'ai fait un barbarisme! » se disait-il.

André avait fait un barbarisme, et son thème tout entier se ressentait de sa précipitation. Il avait bien envie, en se réveillant à cinq heures le lendemain matin, de courir au plus vite dans le ravin pour entamer la lutte avec les ronces; mais le souvenir des expériences de la veille lui revint en mémoire. « Si je me mets à l'œuvre devant cette porte, je ne pourrai plus m'en arracher; je me connais, » dit l'écolier, « et ma version ne vaudra pas mieux que mon thème. Il faut d'abord en finir avec le latin; d'ailleurs, à cette heure-ci, Denise ne pourrait pas venir avec moi et cela lui ferait du chagrin. C'est elle qui a découvert la porte, après tout. » Le brave garçon se mit donc au travail avec tant d'ardeur, qu'à huit heures, comme il écrivait la dernière ligne, Denise, qui entrait chez lui, partit d'un grand éclat de rire.

— Attends, cria-t-elle; et, montant sur une chaise, de là sur la cheminée, elle décrocha avec beaucoup de peine le petit miroir suspendu à un clou; regarde, tu as tant de fois passé les mains dans tes cheveux en travaillant, que tu as l'air d'un sauvage, un de ceux qui se coiffent en l'air sur un morceau de bois, et qui sont si laids, si laids, dans l'*Histoire des voyages :* il ne te manque plus qu'un anneau dans le nez!

Alors, saisissant un peigne et une brosse, elle essayait de dompter les cheveux rebelles avec une énergie si douloureuse pour le patient, qu'il se révolta bientôt.

— Laisse-moi en paix, dit-il; je vais me coiffer moi-même, et quand nous aurons fait la prière chez maman, si elle te le permet, nous irons ensemble au ravin. J'ai fini mon devoir.

— Tu couperas les ronces? Et Denise regardait ses mains, encore écorchées. — Sois tranquille, j'ai pris la grande serpe; Pierre n'a pas voulu me donner la faux : elle s'émousserait sur les épines.

— Une faux entre les mains de M. André, à côté des petites jambes de Mlle Denise! avait dit le vieux jardinier en haussant les épaules; on ne me prendra pas souvent à la prêter!

On était en vacances. Denise n'avait que sept ans. Mme de Lagarde regarda en souriant la petite mine suppliante de sa fille et lui permit de sortir avec André. La rosée couvrait encore l'herbe sous les branches des pommiers lorsque les deux enfants arrivèrent au bord du ravin. Denise s'était armée d'un bâton « pour casser les épines, » et d'une paire de gants de peau, restes d'un jour de fête, qu'elle avait pris dans son tiroir sans la permission de sa bonne Julie.

— Comme ça, je ne me piquerai pas, disait-elle.

Sa prétention était de descendre dans le ravin avec André; mais il l'obligea de s'asseoir sur une pierre pendant qu'il bataillait avec les ronces.

— Quand la porte sera dégagée, tu viendras, dit-il.

Le combat fut long et acharné. Quand André donnait un coup de serpe, la tige qu'il visait glissait de côté, et l'outil frappait dans le vide; les longues lianes, chargées d'épines, retombaient sur ses bras, enlaçaient ses jambes ou s'accrochaient à sa veste. « Heureusement, j'ai mis ma plus vieille, » pensait-il, « car ce sera son dernier jour. » Mais si les coups portaient souvent à faux, quelques-uns tombaient juste. L'ouvrier était en nage, mais l'ouvrage avançait; la porte se dégageait peu à peu : on la voyait complétement; maintenant, elle était basse, couverte de mousses verdâtres; elle paraissait épaisse, et la serrure était rouillée. « Quand il n'y aura plus d'épines, comment ouvrirons-nous la porte? » se disait André.

Une voix retentit tout à coup derrière lui :

— Que faites-vous donc là à la source? demandait M. de Lagarde.

André se retourna. Denise bondit de son siége de pierre.

— La source, papa? Est-ce qu'elle est enfermée là avec le trésor?

— Je ne sais pas s'il y a un trésor (et M. de Lagarde riait), mais il y a une source qui est enfermée comme tu dis; ce qui ne l'empêche pas de sortir. Il y a des petites filles comme cela.

Et il regardait Denise d'un air moqueur; emprisonnée dans le cabinet de toilette de sa mère, il lui était arrivé de se sauver par la fenêtre.

— Mais est-ce l'origine de la source, papa, la source de la fontaine que vous tenez là, cachée derrière cette porte? insistait André, qui commençait à comprendre.

— Précisément; — et M. de Lagarde tirait de sa poche un énorme trousseau de clés, qui faisait le désespoir de sa femme en détruisant rapidement les plus solides doublures : — Tiens, voilà la clé; ouvre toi-même.

Le mystère avait disparu, et avec le mystère la curiosité. André mit la clé dans la serrure qui était rouillée; la clé ne voulait pas tourner :

— La nymphe de la source a été prisonnière trop longtemps, dit en riant M. de Lagarde qui ouvrit lui-même.

La petite porte verte tourna lentement sur ses gonds; les enfants se penchèrent avidement en avant. Point d'ouverture sombre, point d'entrée mystérieuse d'un long souterrain : une nappe d'eau claire, pure, froide, sous une petite voûte revêtue de mousse; voilà tout.

— Votre grand'père a fait couvrir et fermer ainsi la source, dit M. de Lagarde, parce que les bestiaux la troublaient en venant boire, et gâtaient ainsi l'eau de la fontaine qui coule devant la maison. — Il referma la porte et mit le trousseau de clés dans sa poche.

Denise regardait le ravin dépouillé de ses ronces, la porte fermée, puis elle tourna les yeux vers son frère; leur père avait repris sa promenade.

— Alors, il n'y a pas de trésor? dit-elle d'un air désolé.

— Pas ici, à ce qu'il paraît : cela ne veut pas dire qu'il ne soit pas caché ailleurs.

Mais André parlait aussi d'un ton découragé. Il avait eu tant de peine à couper les ronces : il s'était écorché les mains, il avait déchiré sa veste, et tout cela pour voir une petite source derrière une porte vermoulue! Les deux enfants reprirent le chemin de la maison traînant derrière eux la serpe et le grand bâton vainqueur des épines. Denise était si fatiguée, qu'elle fut obligée de s'arrêter dans le potager pour manger des fraises. Pierre, le jardinier, était là ; il taillait les poiriers. Tout en cueillant ses fraises, Denise lui raconta leur déconvenue.

— Nous avions cru trouver le trésor, Pierre, et nous n'avons trouvé que de l'eau. Si, au moins, la nymphe de la fontaine y avait été! comme disait papa.

Pierre hocha la tête :

— Si vous m'aviez demandé des nouvelles du trésor, je vous aurais bien dit qu'il n'était pas là! Je ne savais pas pourquoi M. André voulait une serpe, et puis la faux!

— Vous savez donc où est le trésor?

Les enfants s'étaient relevés au milieu du carré de fraises ; leurs espérances renaissaient.

Pierre était un homme prudent, qui ne se compromettait jamais.

— Le trésor! je n'en sais rien; je ne pourrais pas vous dire s'il y est, attendu que je ne l'ai pas vu; mais l'entrée du souterrain est sur la pelouse, sous le cèdre de Virginie. Je l'ai vue ouverte, sous ma pioche, quand nous avons transplanté l'arbre de la colline où il était, et qu'il s'est agi de faire le trou. Un fameux trou, ma foi?

— Et vous n'êtes pas entré dedans, Pierre? criaient à la fois les deux enfants.

— Pour ça, non : j'aurais eu trop peur du mauvais air, et puis on dit que les vieux moines se promènent comme ça dans le souterrain de temps en temps; je n'avais pas envie de les rencontrer. Si j'avais voulu entrer dedans, ça m'aurait pris du temps; mes ouvriers seraient restés sans rien faire, et le cèdre n'aurait pas été remis en place ce jour-là. J'ai bouché le trou avec une bonne motte de terre, de peur qu'il ne fît ébouler tout le reste, et je réponds qu'à présent les racines du cèdre ont poussé par-dessus. Si les moines viennent voir leur trésor, ils trouveront la porte fermée.

Le jardinier riait d'un air satisfait; mais les enfants ne mangeaient plus leurs fraises; ils sortirent tous deux du potager en se tenant par la main. Le grand écolier paraissait aussi désappointé que la petite fille. « Imbécile de Pierre, » disait-il entre ses dents, « si j'avais été sur la pelouse, ce jour-là! » Et il regardait avec colère le bel arbre dont les branches et les racines protégeaient le passage mystérieux. « Si le cèdre n'était pas là! mais papa y tient tant, il ne permettrait pas de fouiller au pied! »

— Nous trouverons une autre entrée, dit Denise, qui ne désespérait jamais de rien; les moines avaient peut-être plusieurs portes pour leur souterrain; et puis, si le cèdre mourait, si on l'arrachait, tu entrerais tout de suite dans le trou, n'est-ce pas, mon André? tu n'aurais pas peur des revenants; d'abord, ce n'est pas vrai: maman a dit qu'il n'y avait pas de revenants!

— Je n'aurais même pas peur du mauvais air, ce qui est plus dangereux que les revenants, s'écria André; et tout en faisant des projets pour une investigation approfondie du souterrain, dans le cas de la maladie et de la mort du cèdre, les deux enfants rentrèrent à la maison comme la seconde cloche sonnait pour le déjeuner.

— Et voilà ma serpe par terre, au milieu des fraisiers, dit en grommelant le vieux Pierre.

LES TRACES DANS LA NEIGE.

La ferme était muette, aux dernières lueurs du jour. Au lieu de l'activité joyeuse qui régnait d'ordinaire au logis et dans la cour, un silence lugubre enveloppait la maison et les champs : point de volaille pour caqueter dans le fumier ; point de bestiaux pour mugir doucement en attendant la traite du soir ; point d'attelages puissants ramenant au bûcher le bois abattu des arbres tombés. Les portes étaient fermées ; les contrevents étaient soigneusement clos. Seulement, par instants, une tête effarée se montrait à l'une des fenêtres supérieures pour se retirer aussitôt : tantôt le visage d'une femme, tantôt celui d'un vieillard. La vitre se refermait, la nuit devenait noire; ceux qu'on attendait ne revenaient pas.

On tremblait dans la ferme : les serviteurs restés au logis, la vieille mère alitée depuis tant d'années; personne n'osait parler, même pour échanger une crainte ou une espérance : on semblait redouter des auditeurs invisibles; car, l'avant-veille encore, on se battait aux environs du village; l'ennemi avait ravagé les terres, emmené les chevaux et les bestiaux, et la maîtresse de la maison, dévorée par d'insupportables inquiétudes, était partie le matin même avec une servante fidèle et un vieux valet pour visiter le champ de bataille et y chercher les traces de son fils unique, seul soutien de la famille depuis que son père n'était plus.

Elle s'était réjouie, la pauvre mère, de ce qui avait été jusque alors pour elle un chagrin secret. Un défaut de conformation à l'un des pieds avait fait *réformer* son fils, et on l'avait déclaré impropre au service militaire, lorsqu'au début de la guerre, il s'était présenté à la révision : — Vous êtes bien heureuse, Mme Laboucher, lui disaient les autres femmes des environs; tous les appels dont on nous menace n'y feront rien ; votre fils ne partira pas : il ne pourrait pas marcher une lieue, et on leur fait faire des traites !

— J'ai mon Charles, disait l'une, qui a fait l'autre jour dix lieues en portant, non-seulement son sac, mais encore celui d'un de ses camarades qui n'avait plus la force de le porter ; les deux dernières lieues il avait même été obligé de prendre le camarade sous le bras pour ne pas le laisser dans le fossé. C'est qu'il est fort, mon Charles ! Et puis bon. Nous ne savons comment faire chez nous sans lui !

— Tout de même, reprenait la mère Laurandin dont chacun redoutait la langue, je crois que Victor pourrait bien marcher comme un autre, s'il voulait. Je l'ai vu aller longtemps derrière sa charrue.

— Taisez-vous donc, cria Mme Laboucher en colère : comme si la terre labourée était la même chose que les routes.

— Je me suis laissée dire que c'était plus fatigant, dit la méchante femme ; tout de même c'est heureux pour vous de garder votre fils, puisqu'on l'a décidé à la révision !

La mère frémissait dans le fond de son âme, car elle craignait que Victor n'eût entendu la femme Laurandin. Il ne l'avait pas entendue, mais son parti était pris. Les malheurs de la patrie avaient enflammé son âme; s'il ne pouvait pas marcher aussi bien qu'un autre, on le jetterait sur un fourgon de bagages; d'ailleurs, pourquoi ne pas utiliser sa connaissance du pays à deux lieues à la ronde, son adresse comme tireur? Victor n'hésita plus; malgré la douleur qu'il allait causer à sa mère, il s'engagea dans un corps de francs-tireurs, mieux composé que ne l'étaient la plupart de ces petites compagnies. Lorsqu'il communiqua à sa mère ce qu'il avait fait, l'ennemi approchait.

— Je ne m'éloignerai probablement pas beaucoup, disait Victor, pour consoler la pauvre femme, qui pleurait appuyée sur son épaule, et si je suis blessé, je me ferai apporter ici.

Victor n'avait pas eu besoin de s'éloigner, en effet, car le combat s'était engagé à deux lieues de la ferme; tout le jour le canon avait fait trembler les vitres de la vieille maison; le soir, les femmes à genoux, en prières, couvraient leurs oreilles de leurs mains à chaque détonation, pour attendre, avec une angoisse croissante, le prochain tonnerre. Le silence s'était rétabli; la bataille était terminée; les troupes françaises, repoussées, hélas! comme de coutume, attendaient l'occasion de recommencer la lutte; les corps de francs-tireurs battaient les environs, harcelant l'ennemi sur ses derrières; mais Victor n'était pas venu à la ferme, comme il avait fait souvent déjà après des engagements sans importance. Sa mère soutint deux jours ses inquiétudes, puis elle partit avec ses serviteurs les plus dévoués pour chercher son fils.

— Dans les ambulances, parmi les blessés, parmi les morts! je le retrouverai, s'il est là! disait-elle.

Sa belle mère, infirme et malade, ne chercha pas à la retenir. Chacun, même les plus faibles, avait aspiré une bouffée d'héroïsme; les femmes avaient eu peur à l'approche des Prussiens; maintenant que les réquisitions avaient désolé la ferme, et que le fils de la maison se trouvait en mortel danger, tout le monde eût voulu accompagner la maîtresse sur le champ de bataille.

— Seulement Pierre et Rosalie, avait-elle dit, et que personne ne bouge, d'ailleurs!

— Va au nom du bon Dieu : il te protégera. Je veillerai ici, avait dit la vieille infirme, dont la volonté et l'énergie avaient survécu aux forces du corps.

Depuis le matin, au petit jour, la mère était partie ; on commençait à s'inquiéter dans la ferme.

— Ce n'est pas un temps, pour une femme, à courir les chemins, disaient les servantes craintives.

— Vous y auriez toutes bien été, si la maîtresse avait voulu, disait le petit valet de quinze ans, très-irrité de n'avoir pas été choisi pour escorter la fermière.

La vieille mère avait réuni tout le monde autour de son lit et elle avait fait la prière. On attendit plus tranquillement lorsque les cœurs se furent élevés à Dieu. La mortelle inquiétude enseigne à prier.

La nuit était noire, lorsqu'on entendit un bruit de roues ; un seul cheval avait échappé aux réquisitions, trop vieux et trop chétif pour tenter l'ennemi : c'était celui-là qui avait emmené Mme Laboucher jusqu'au champ de bataille ; il trébuchait à chaque pas. Prosper, le petit valet, ouvrit la porte, une lanterne de cuivre à la main. « Hélas ! » s'écria-t-il avec le goût des paysans pour les situations tragiques, « voilà la maîtresse qui ramène M. Victor ; et il est mort! » « Tais-toi, imbécile, et aide-moi ! » dit à demi voix le vieux Pierre qui s'efforçait de soulever dans ses bras un corps inerte dont la tête reposait sur les genoux de Mme Laboucher : ce n'est pas M. Victor, et il n'est pas mort ! »

Prosper avança sa lanterne, qu'il voulait accrocher devant la charrette ; une lueur vive éclaira tout à coup l'uniforme et les cheveux blonds du blessé.

— Hélas ! c'est un Prussien ! cria l'enfant ; et il laissa tomber la lanterne qui s'éteignit.

La maîtresse n'avait pas bougé ; elle d'ordinaire si prompte, si active, si rapide à la décision et au commandement, comme une veuve qui avait dû pourvoir aux affaires de ses enfants, elle restait assise sur la chaise placée pour elle dans la charrette, les yeux fixes, regardant vaguement la tête pâle, appuyée sur ses genoux, sans dire un mot, sans donner un ordre. Ce fut Rosalie qui dit aux autres servantes :

— Mettez des draps au lit dans la petite

chambre de derrière ; ayez soin qu'ils ne soient pas humides : le Prussien n'a guère qu'un souffle de vie.

Un éclair de vengeance et de colère passait dans les yeux calmes des paysans.

— Qu'est-ce que cela nous fait qu'il meure? murmura Prosper.

La voix de Pierre retentit encore une fois.

— Tais-toi, imbécile; puisque nous l'avons ramassé à moitié mort sur le champ de bataille, c'est pas pour le laisser mourir à présent et nous faire des affaires avec ses camarades.

Le blessé fut couché dans un bon lit. La maîtresse elle-même pansa ses plaies. La perte du sang, l'atroce souffrance des deux jours passés dans un fossé sur le champ de bataille avaient épuisé le malheureux : une garde fut placée à côté de lui. Mme Laboucher entra dans la chambre de sa belle-mère ; depuis qu'elle avait mis le pied dans la maison, elle avait donné quelques ordres à voix basse, d'un ton bref; mais elle n'avait levé les yeux sur personne, et la lueur vacillante des chandelles n'avait pas permis d'observer son visage. Tout le monde se pressait autour de Pierre lorsque la maîtresse referma la porte de la chambre.

— Ma mère, il est mort ! dit la pauvre femme d'une voix sourde ; et elle s'assit au pied du lit comme paralysée encore par le coup qu'elle avait reçu. L'infirme, penchée en avant, semblait demander une explication.

— Voyez, voilà ce que j'ai trouvé dans un petit bouquet de bois, au bout du champ de bataille, un vrai poste de francs-tireurs.

Et elle tendait à sa belle-mère quelques lambeaux de papiers déchirés, chiffonnés, souillés de boue ; les mains tremblantes et les yeux éteints de la vieille femme ne reconnaissaient pas le sinistre présage.

— Vous ne voyez donc pas que c'est une lettre, une lettre de moi? il l'a déchirée, ou bien on l'a ôtée de ses poches quand on l'a ramassé pour l'enterrer ! ajouta-t-elle.

Et elle se laissa tomber à genoux ; les sanglots l'étouffaient ; sa belle-mère pleurait avec elle.

— Vous n'êtes pas sûre qu'il soit mort, répétait cependant la vieille femme.

— Il n'est pas dans les ambulances ; j'ai été partout.

— Mais les ambulances volantes sont parties ; il est peut-être dans le fourgon des blessés.

— Les ambulances volantes ont été arrêtées par les Prussiens ; j'ai visité tous les blessés que soignaient les Allemands. D'ailleurs (et elle frissonnait comme si un vent glacé eût frappé tous ses membres) vous savez bien qu'ils ne ramassent pas les francs-tireurs : ils les fusillent ; c'est plus tôt fait.

La vieille femme écoutait en silence ; seulement, de temps à autre, elle répétait :

— Rien ne me dit que Victor soit mort ; les francs-tireurs ne suivent pas toujours la marche de l'armée ; il est peut-être caché dans les bois, attendant le moment de venir ici, de nous envoyer de ses nouvelles...

La mère secouait la tête ; sa lettre déchirée lui avait paru un message de mort.

— Victor, qui aime tant que je lui écrive ! disait-elle, et il sait bien comme j'y ai de la peine : il ne déchirerait pas mes lettres ; c'était la dernière.

Mais les paroles de sa belle-mère, ses pieuses consolations, entremêlées de raisonnements rassurants, mettaient cependant un peu de baume dans son âme. Elle releva la tête et se rassit.

— Et ce Prussien, ce blessé? pourquoi l'avez-vous amené ici?

— C'était sur la fin, quand j'avais été bien loin, dans toutes les ambulances, et que j'avais cherché déjà partout sur le champ de bataille; il y a encore des morts qui ne sont pas enterrés, ma mère. Je regardais dans les fossés; il faisait déjà sombre; je tâtais avec mes mains; j'ai senti quelque chose... du drap; j'ai compris qu'il y avait là un homme. J'ai crié; Pierre est venu; il a allumé sa lanterne; nous avons vu que c'était un Prussien, qu'il n'était pas mort. Je ne sais pas ce qui m'a pris: au lieu d'avoir envie de l'achever, j'ai pensé que Victor était peut-être blessé aussi, que le bon Dieu serait content si je soignais le mourant; que Jésus-Christ avait ordonné de faire du bien à ses ennemis... C'est pas le moment de lui désobéir... J'ai dit à Pierre de m'aider; nous avons mis le Prussien dans la charrette, — il est tout jeune, vingt ans tout au plus, — et nous l'avons ramené ici. Il est couché dans la petite chambre; il n'a pas encore poussé un soupir, mais il n'est pas mort; il me semblait, tout le temps, que je rapportais ici le corps de mon Victor.

La vieille mère étendit avec peine le bras qu'elle remuait encore, et elle attira vers elle sa belle-fille.

— Dieu te bénira, dit-elle ; tu as fait ce que tu devais ; maintenant, si le Prussien se remet, si ses camarades le cherchent, gare aux visites de Victor... Car il reviendra... je suis sûre qu'il n'est pas mort... il se cache dans les bois... Il ne faudrait seulement pas que les Prussiens le découvrissent ici !

Un cri s'échappa des lèvres de la pauvre femme.

— Et j'ai amené ici un ennemi pour mettre en danger la vie de mon pauvre enfant ! Mais il est mort, il est mort quoique vous me disiez, ma mère, ou, s'il n'est pas mort, il est bien blessé, blessé comme ce Prussien. On l'aura emporté ! C'est égal, demain, je remets ce garçon-là dans ma charrette et je le ramène à leurs ambulances, mourant ou non. Il n'est peut-être pas si malade ; il n'a pas l'air d'avoir beaucoup de blessures ; il faut qu'on se soit abordé à la baïonnette de son côté, car il n'a pas de coups de fusil ; seulement des coups de sabre ! Et voilà deux jours qu'il était là ! pensez, ma mère, avec le froid qu'il faisait ! Demain, il aura repris connaissance et Pierre l'emmènera ! Si Victor allait venir ! mais non... non... non...

Et elle sanglotait de nouveau.

— Va te coucher, dit la vieille femme, tu es épuisée; demain tu verras ce qu'il faut faire pour le Prussien... Dieu te dirigera, comme il a déjà fait... et il gardera Victor ! ajouta-t-elle en dépit du signe désespéré de sa belle-fille.

Le blessé avait fait un léger mouvement, dit Rosalie, qui le gardait; il gémissait parfois, il n'était pas mort; la maîtresse ferait bien mieux de se coucher. Elle céda aux instances de toute sa maison; mais dormir pendant que Victor souffrait peut-être loin d'elle, dormir s'il était mort ! La mère se redressait tout à coup sur son lit dans son horrible angoisse; Dieu seul entendait ses cris.

Au petit jour, ne pouvant plus supporter passivement la souffrance, elle se leva sans bruit; elle écouta à la porte de la chambre où le Prussien était couché : pas un souffle, pas un mouvement; « Rosalie est fatiguée, elle dort; » se dit-elle; « j'espère que le blessé dort aussi. Il lui faudra des forces... s'il lui en reste... pour arriver vivant à ses camarades... Je le ramènerai aujourd'hui, bien sûr. »

Elle était descendue dans la cuisine; les servantes étaient sur pied, allumant le feu, préparant la soupe; on apercevait la lanterne de Pierre dans l'écurie; la maîtresse soupira à la pensée des beaux chevaux qui s'y reposaient naguère; « Pierre et Prosper n'ont pas de grandes occupations maintenant, » dit-elle avec amertume. Par habitude, elle sortit comme pour donner un coup d'œil à ses vaches, à ses porcs, à ses volailles. Tout était silencieux et solitaire, mais aux lueurs du jour croissant sur la neige qui brillait aux premiers rayons du soleil d'hiver, elle crut apercevoir, au travers du jardin, des traces de pas, s'approchant de la maison en plusieurs endroits. Les maraudeurs qui marchaient à la suite des deux armées, également redoutés des paysans, qu'ils fussent Allemands ou Français, auraient-ils tenté quelque vol autour de la ferme isolée? avaient-ils essayé d'entrer dans la maison? La fermière se pencha pour examiner les traces. Elle tressaillit et tomba à genoux sur la neige. Les traces étaient celles des pas de son fils! Victor n'était pas mort: il n'était pas blessé; elle reconnaissait la botte qu'il était obligé de porter à cause de la conformation particulière de son pied. Victor était venu!

Elle couvrait de ses baisers la neige insensible, lorsqu'une pensée soudaine la fit relever d'un bond. Seule, elle devait savoir le secret de la visite de son fils; les serviteurs pourraient parler, un détachement prussien pouvait passer par là; on chercherait peut-être le blessé; ils font l'appel chez eux: ils s'apercevront bien qu'il leur manque quelqu'un; et, d'un pied rapide, elle effaça toutes ces traces qui lui avaient rendu la vie; si quelqu'un savait que le franc-tireur rôdait autour de la maison paternelle, il pourrait être pris par les Prussiens et fusillé. « Tout de même, je ne renverrai pas aujourd'hui le blessé, » pensa la mère; « Dieu m'a fait une trop grande grâce: il serait fâché, si je laissais mourir ce pauvre garçon; il n'a pas l'air méchant, avec ses cheveux blonds. »

Elle contemplait la seule trace qu'elle eût épargnée, à demi cachée sous les branches traînantes d'un vieux rosier. « Il me faut quelque chose que je puisse regarder de temps en temps pour me dire que Victor est vivant, » se répétait-elle; et elle n'effaça pas la dernière trace.

— Madame! criait-on dans la cour, Mme Laboucher!... tu n'as pas vu la maîtresse?... Le Prussien est réveillé; il baragouine je ne sais quoi. Rosalie n'y comprend rien... Elle dit qu'il a la fièvre. Elle appelle la maîtresse.

La maîtresse vint, pâle et glacée par son long séjour dans le jardin; mais une certaine lumière dans son regard frappa Rosalie dès qu'elle entra dans la chambre du malade. « La maîtresse n'est pas si malheureuse qu'hier au soir, » se dit-elle; et elle se promit de savoir pourquoi.

Mme Laboucher n'entendait pas mieux que Rosalie le *baragouin* du Prussien; elle voyait, elle devinait que l'homme étendu devant elle souffrait, priait, implorait; elle ne pouvait que lui donner à boire, changer les bandages de ses blessures, secouer ses oreillers. Point de médecin aux environs; le médecin du bourg, saisi d'ardeur patriotique, avait quitté le village et suivait l'armée à la tête d'une ambulance.

— Il n'y aura donc plus de malades ici? avait dit malicieusement M. le Curé.

Mais il faisait de son mieux pour combler le vide et pour soigner le corps de ses paroissiens comme il avait coutume de soigner l'âme. On alla le chercher pour voir le Prussien ; il comprit de suite l'état grave du blessé.

— Il faut un chirurgien à cet homme, dit-il.

— Mais il n'y en a pas, monsieur le curé !

— Il y en a chez les Prussiens : j'irai en chercher un pour le soigner.

— Vous amènerez l'ennemi ici pour emporter les meubles, pour effrayer la vieille mère, pour nous tuer peut-être? criaient les servantes...

Le curé leur imposa silence et se retourna vers Mme Laboucher.

— Je crois qu'on pourrait transporter cet homme au presbytère, dit-il.

— Non, dit la maîtresse d'une voix brève : il reste ici.

Le vieux prêtre ne dit rien ; il sentait qu'un combat s'était livré et qu'une victoire avait été remportée dans le cœur de la pauvre mère.

Le chirurgien prussien appelé par le curé

visita son compatriote, et le jeune blessé reprit bientôt des forces. Victor n'était pas revenu ; la neige était fondue ; la pluie avait succédé au froid pénétrant. Le changement de température avait d'abord réjoui tout le monde.

— Ils ne souffriront pas autant! pensait-on.

— Ne croyez pas cela, dit le curé; l'humidité est ce qu'il y a de pis pour eux ; ils souffrent peut-être moins, mais leur santé est plus menacée.

Quand la pluie tombait par torrents, la mère ne dormait plus : Victor était mouillé; Victor couchait dans les bois ; il était malade; il avait la fièvre. Il se mourait peut-être... Elle ne pouvait plus regarder la trace de ses pas dans la neige : la neige avait disparu. La vieille infirme grondait doucement.

— Tu l'as déjà cru mort, quand il rôdait à ta porte (elle seule savait la visite de Victor) ; il est peut-être parti avec son corps sans avoir eu le temps de te donner des nouvelles, tu en sauras quelque jour ; confie-toi en Dieu.

— C'est ce que j'essaie de faire, disait la pauvre mère; et elle soignait le Prussien comme si elle eût voulu racheter, devant la miséricorde divine, la vie de son fils.

Le jeune Allemand avait rejoint son corps, profondément reconnaissant pour les bons traitements qu'il avait reçus ; il faisait partie des derniers renforts de la landwehr, récemment arrivés en France; il n'avait pas encore eu le temps d'apprendre le français.

— J'espère bien que vous ne resterez pas ici assez longtemps pour ça, criait Prosper, qu'on était constamment obligé de faire taire.

Heureusement le Prussien ne comprenait pas. Il savait dire « Merci » et il répétait sans cesse cette unique expression de sa reconnaissance. Rentré à son régiment, quand il pensait aux soins qui lui avaient été prodigués à la ferme, il s'arrêtait et riait tout seul. « Merci, Matame, » disait-il tout haut. Ses camarades l'appelaient quelquefois : « Merci, Matame. »

La compagnie des francs-tireurs avait quitté les environs. A force de questions, de recherches, de courses, le vieux Pierre avait fini par s'en assurer; il vint le dire à sa maîtresse.

— Bien sûr, M. Victor est avec eux, dit-il, nous aurions bien su s'il lui était arrivé quelque chose ; c'est pas comme s'il était à l'étranger : il connaît les moindres chemins; il peut s'échapper...

Pierre s'arrêta, étonné de voir la maîtresse rougir comme une jeune fille. En racontant son histoire à Rosalie, il ajoutait :

— Et elle était jolie comme à vingt ans, ma foi !

— Tais-toi donc, dit Rosalie : c'est qu'elle a eu des nouvelles de son fils. J'ai vu ça dans ses yeux dès le lendemain de notre retour ; elle n'avait plus le cœur mort comme la nuit où nous revenions de là-bas, où l'on s'était battu.

— Tiens, si j'avais su ça, dit Pierre, je ne me serais pas donné tant de mal à retrouver la trace des francs-tireurs; ils ne sont pas tous des braves gens, tant s'en faut.

Rosalie haussait les épaules : « Les hommes sont bien comme ça! » pensait-elle ; « ils ne voient pas plus loin que leur nez. »

Mme Laboucher avait des nouvelles de son fils; elle l'avait vu ! Avant de s'éloigner des environs immédiats de la ferme, Victor avait encore une fois tenté l'aventure : la neige ne trahissait plus son passage, mais aussi rien n'amortissait plus le bruit des pas; la mère, l'oreille au guet, avait reconnu sa marche inégale ; elle avait ouvert la porte , et un instant de joie suprême l'avait payée de ses longues angoisses : elle tenait son fils dans ses bras !

Hélas ! les traces sur la neige pouvaient être détruites par une main vigilante, mais la discipline et les espions prussiens surveillaient cependant partout les francs-tireurs. Victor avait à peine rejoint ses compagnons , à peine sa mère avait-elle achevé de remercier Dieu, que la ferme fut entourée d'un peloton ennemi. On avait annoncé que la compagnie tout entière était cachée dans les vastes caves, et dans les bois avoisinant la maison. En vain, les serviteurs protestaient ; Mme Laboucher ne disait rien. « Qu'ils cherchent ! Qu'ils cherchent ! » pensait-elle, « pendant ce temps, les autres auront le temps de s'éloigner ! »

Tout était bouleversé dans la paisible demeure : des coups de sabre dans les matelas, des coups de pieds dans la vaisselle ; les meubles étaient brisés, les portes enfoncées ; la maîtresse ne pleurait pas : elle était debout près du lit de la vieille infirme, prête à la défendre au péril de sa vie. La vieille mère avait les mains jointes : elle priait ; les soldats ennemis s'arrêtèrent sur le seuil. Ils n'entrèrent pas.

Les perquisitions étaient achevées; on n'avait pas trouvé de francs-tireurs, mais l'officier était convaincu qu'ils lui avaient échappé de près.

— Deux hommes pour le pétrole! dit-il d'une voix impérieuse; et il désigna les soldats par leur nom.

L'un d'eux s'avança pâle comme la mort:

— Je ne peux pas, mon commandant, faites-moi fusiller si vous voulez; j'ai été ramassé pour mort sur le champ de bataille par la femme d'ici et elle m'a soigné comme son fils. Appelez un autre homme, je suis prêt à mourir.

L'officier regarda une seconde ce jeune soldat, qui dégrafait déjà son uniforme; un éclair d'émotion passa dans ses yeux pâles.

— Aux arrêts! dit-il d'un ton bref; et, la discipline satisfaite par cette punition, il tourna sur son talon sans donner de nouveaux ordres: — En marche! cria-t-il.

— Merci, Matame! disait encore le Prussien, qu'on emmenait aux arrêts les mains liées derrière le dos.

La mère, debout à une fenêtre, avait assez compris ce qui s'était passé pour dire de toute son âme :

— Merci, mon Dieu !

LA CHASSE AUX HANNETONS.

Le vacarme était grand dans la cour de l'école de Sainte-Honorine; les enfants criaient, jouaient, et leur joyeux tumulte retentissait à un quart de lieue à la ronde. C'était l'heure du repas, l'heure de la récréation ; le maître dînait comme ses élèves, tranquillement assis dans sa cuisine; les souris faisaient grande fête pendant que le chat était occupé ailleurs. Deux petits garçons étaient assis ensemble à l'ombre d'un vieux tilleul; tous les deux mangeaient, puisant dans leurs paniers les provisions du matin. L'un était mince, blond et petit ; il avait des yeux bleus habituellement très-doux ; lorsqu'une fois la volonté éclairait ces yeux-là, le regard était pénétrant et ferme comme l'acier. Il mangeait du pain sec, et sa bouteille ne contenait que de l'eau. Son compagnon était plus grand et plus fort, rieur, coloré comme une belle pomme aux jours d'automne ; ses cheveux noirs étaient en désordre, et, de temps à autre, il se penchait vers son camarade, jetant brusquement sur son pain une bouchée du morceau de viande qu'il mangeait de bon appétit.

— Mon fricot est à toi, disait-il quand Etienne voulait refuser, puisque ton pain serait bien à moi, si je n'en avais pas : tiens, je parie qu'il est meilleur que le mien.

Et il mordait à belles dents dans le morceau de pain que tenait son ami.

— Attends ! attends ! tu vas tout manger, criait Etienne.

Mais il riait. C'était une occurrence très-fréquente que les repas partagés entre les deux enfants : Arsène semblait toujours jouer, mais il s'asseyait invariablement au coin le plus reculé de la cour, et se plaçait sans affectation de manière à cacher au reste des élèves la disproportion entre les deux dîners.

— Personne ne croit qu'il y ait du fricot

dans mon panier, mon pauvre Arsène ! disait quelquefois Etienne en secouant la tête.

Mais Arsène ne l'écoutait pas.

— Qu'est-ce qu'on en peut savoir ? disait-il. Et il continuait à se cacher pour partager avec son ami le succulent repas que la riche meunière préparait pour son enfant bien-aimé.

— Arsène a bon appétit ! disait la mère en riant, quand elle voyait chaque soir le panier vide.

Les deux camarades avaient à peine fini leur repas lorsque le flot de leurs compagnons vint les relancer dans leur retraite. Les arbres de la cour de l'école étaient touffus ; les feuilles vertes s'étendaient majestueusement au-dessus des jeunes têtes ; à une lieue à la ronde tous les chênes étaient dépouillés de leur riche parure ; les cultivateurs s'arrêtaient en passant, pour contempler les arbres verdoyants de l'école.

— Qu'est-ce que M. Langlois a donc fait aux hannetons, qu'ils ne viennent pas chez lui ? disait-on.

— C'est qu'il est savant, disait un autre. Il devrait bien nous donner un peu de sa science ; cette année nous n'avons pas une feuille chez nous; l'année prochaine, nous n'aurons pas un brin d'herbe! Maudits hannetons!

Et on passait.

Tout le monde ne passait pas!

— Le maître avait reçu une lettre, disaient les écoliers qui venaient rejoindre Etienne et Arsène, les deux meilleurs élèves de l'école.

— C'était quelqu'un du château qui l'avait apportée, le vieux père Chevreuil, et il était assis dans la cuisine en attendant la réponse.

Le maître parut tout à coup sur les degrés.

— En classe! cria-t-il.

L'heure n'avait pas encore sonné, pourquoi rentrer sitôt? Les paniers étaient encore épars sur l'herbe, les enfants les ramassaient à la hâte; les paresseux qui dînaient encore, mollement étendus à l'ombre, s'étranglaient avec leur dernière bouchée, et leurs camarades donnaient des coups de pieds aux paniers retardataires.

— En classe! criait-on de toutes parts dans la cour; les écoliers prévoyaient quelque événement extraordinaire.

Lorsque le bruit particulier à la rentrée des écoles se fut apaisé, lorsqu'on n'entendit plus les pieds frapper la terre dans une rude cadence ; le maître déplia le papier qu'il tenait à la main.

— Vous savez tous, dit-il en toussant pour s'éclaircir la voix, vous savez tous quel mal les hannetons ont fait cette année dans le pays, et quel mal plus grand encore se prépare pour l'année prochaine. Avant donc que les femelles des hannetons aient pu s'enfoncer en terre pour y déposer ces œufs qui deviendront l'année prochaine des vers blancs, il importe de les détruire en grand nombre, s'il est possible. Les hannetons ont le vol lourd, comme vous l'avez sans doute remarqué...

— Oui, oui, disaient les écoliers; « surtout quand ils ont un fil à la patte, » murmurait un gamin aux yeux noirs, à la blouse déchirée.

Et il tira tout à coup de sa poche un hanneton muni, en effet, d'un long bout de fil, qu'il fit voler au-dessus de sa tête, comme une illustration pratique des paroles du maître. Tout le monde se mit à rire, l'instituteur comme les autres ; mais il imposa bientôt silence au tumulte, et il reprit :

— M. de Sainte-Honorine, voulant rendre service à la commune...

— Où sont toutes ses terres, marmottaient quelques récalcitrants.

— Tais-toi donc, il a des biens dans quatre communes, dit Arsène, qui faisait office de moniteur et qui résistait rarement au désir de discuter avec ses subordonnés.

— M. de Sainte-Honorine promet, continua le maître, de payer 3 fr. l'hectolitre de hannetons, ou 30 cent. les dix litres, ajouta-t-il, en voyant les regards des élèves se porter avec effroi sur le tableau du système métrique suspendu à la muraille (tout le monde avait calculé qu'il faudrait bien des hannetons pour remplir un hectolitre).

— La chasse sera donc organisée comme il suit : Tous les matins, en arrivant à l'école, je mesurerai les sacs de hannetons que vous pourrez m'apporter, et j'inscrirai le poids de chacun à côté de votre nom. Jeudi nous ferons tous ensemble une grande battue, et Mme de Sainte-Honorine invite ensuite toute l'école à goûter.

Cette dernière partie du discours fut saluée par des applaudissements frénétiques. Presque tous les élèves, sauf les *nouveaux*, comme on disait dans l'école avec un certain mépris, avaient fréquemment goûté chez Mme de Sainte-Honorine, sur la pelouse verte, sous les grands arbres au bord de l'allée, ou bien, si la pluie dérangeait la fête, dans l'orangerie ou sous la remise. On parlait tous à la fois; on échangeait des souvenirs de goûters passés, la galette de ce jour-là, les plats de cerises de celui-ci. Les cris de joie éclataient quelquefois, promptement réprimés par les moniteurs; le maître écrivait de sa plus belle main une réponse à Mme de Sainte-Honorine. Le vieux Chevreuil, assis dans un coin, regardait les enfants avec cette indulgence fine des vieillards qui comprend et excuse les folles gaietés de la jeunesse.

— Ils apporteront des hannetons, je le crois, dit-il à sa maîtresse, en lui remettant la réponse, parce que le maître l'a dit, et que les enfants aiment toujours à faire la chasse à ces bêtes-là; mais, ce dont je réponds, c'est qu'il n'en manquera pas un au goûter; il faudrait, pour ne pas venir, qu'ils se fussent cassé les jambes, et ils en prendront soin d'ici-là.

— Vous savez, Chevreuil, c'est dans la citerne à fumier qu'il faudra jeter les hannetons, quand on les apportera. M. de Sainte-

Honorine dit que ce sera un très-bon engrais.

Le vieux paysan secouait la tête.

— Si c'est là-dessus que vous comptez pour faire pousser le blé, vous pourrez bien vous trouver embarrassés, marmottait-il : vous n'en tenez pas encore tant que ça.

Chevreuil ne s'était pas trompé, et il connaissait l'inconstance des enfants. M. et Mme de Sainte-Honorine n'avaient jamais vu grandir autour d'eux une famille nombreuse, qui se serait chargée de leur enseigner ce qu'il faut attendre des enfants; une seule petite fille était venue pendant quelques mois réjouir leur maison, puis elle avait obéi à la voix de Celui qui appelle les petits enfants, et sa mère n'avait pas vu un autre petit visage remplacer, dans ses bras, celui qu'elle avait contemplé pour la dernière fois dans le cercueil. M. et Mme de Sainte-Honorine étaient très-bons, très-honorés dans le village; ils donnaient beaucoup aux pauvres; jamais une malheureuse femme n'était repoussée lorsqu'elle demandait pour ses enfants; mais le grand propriétaire, l'habile agriculteur ne connaissait pas bien les gamins de son école, lorsqu'il disait à sa femme, en contemplant avec elle les chênes dépouillés de leur parure :

Les écoliers feront bientôt justice de ces vilaines bêtes-là ; nous avons eu une bonne idée d'engager l'école dans l'affaire.

Était-ce une bonne idée ? c'était la question que se posa le maître, le samedi matin, le lundi matin et les jours suivants, lorsque ses élèves arrivèrent en classe fort en retard, les joues rouges, les habits déchirés par les ronces.

— Nous avons fait la chasse aux hannetons, monsieur ! disaient-ils comme excuse.

Et ils déposaient sur le bureau du maître, sur les bancs de l'école, jusque dans leurs encriers, quelques poignées de hannetons dont la moitié encore vivante s'envolait aussitôt dès qu'on ouvrait le sac où ils étaient renfermés pêle-mêle avec les livres et les cahiers. L'opération du pesage devenait une dérision.

— Quatre grammes, cinq grammes de hannetons, disait le maître d'un accent désespéré : il n'y en a pas quatre d'entre vous qui aient gagné seulement dix sous, à moins que vous ne fassiez des merveilles jeudi.

L'instituteur comptait sur son autorité pour régler les efforts de ses élèves ; mais toute la classe réclamait.

— Lambert aura toujours bien gagné dix sous par jour au moins, disait-on.

Et les écoliers se poussaient pour voir de plus près l'énorme bissac qu'Etienne venait de déposer aux pieds du maître :

— Il en a apporté autant que ça tous les jours depuis vendredi.

— Il ne pouvait pas marcher tout à l'heure ; c'était Hardy qui portait le sac.

— Je crois bien qu'il secoue les branches des haies toute la nuit.

— Ils sont au moins deux, c'est assuré.

— Bien sûr, Lambert et Hardy ; ils sont toujours ensemble.

— Alors Hardy devrait en avoir la moitié.

— Tout va au nom de Lambert.

— Ils se moquent pas mal de ça, au moulin.

— Qu'est-ce qu'ils ont besoin de ces quatre sous ?...

— Ils sont bien trop fiers : c'est bon pour Lambert ; sa mère ne mange que du pain, et pas toujours à son contentement.

— C'est drôle, tout de même, que Lambert apprenne comme ça tout ce qu'il veut.

— Il paraît que ça donne de l'esprit, de ne pas manger de fricot...

Et on riait.

On riait; mais Etienne Lambert, qui avait saisi quelques-uns des discours de ses camarades pendant que le maître mesurait sa charge de hannetons, rougissait et pâlissait tour à tour. Lorsqu'il avait entendu lire la lettre de M. de Sainte-Honorine, une grande joie avait rempli son cœur. C'était un moyen facile, honnête, utile par-dessus le marché, de gagner quelque argent pour sa mère, cette mère qui se refusait tout pour laisser son fils à l'école plus longtemps qu'il n'est d'usage chez les pauvres gens. Mme de Sainte-Honorine payait les mois d'école d'Etienne, mais la mère Lambert travaillait et se privait, au lieu de placer son garçon comme petit valet dans quelque ferme. « Il a de l'ambition, » disait-elle; « je veux le laisser étudier tant qu'il pourra. » L'ambition d'Etienne eût été de devenir à son tour maître d'école; mais il doutait dans son cœur de la possibilité de l'entreprise. « Ce que je saurai, je le saurai toujours, » pensait-il; et il travaillait de toutes ses forces. La chasse aux hannetons n'empêchait pas ses devoirs d'être aussi bien faits que de coutume. L'instituteur lui-même ouvrait de grands yeux.

— Tu travailles donc la nuit ? demanda-t-il à Etienne.

— Il n'y a presque pas de nuit maintenant, monsieur, dit l'enfant en rougissant. Je me lève avec le jour.

Les tâches étaient achevées et ses livres replacés dans le bissac, à côté du morceau de pain qui devait suffire à la journée, lorsque Arsène arriva en courant, tout haletant, à peine habillé. « J'ai pas pris le temps de mettre mes chaussons, » disait-il, et il s'asseyait sur une pierre pour achever sa toilette, pendant qu'Etienne secouait doucement les branches des noisetiers ou des jeunes chênes au-dessus du vieux linge qu'il avait étendu à terre. La rosée couvrait encore les feuilles ; les hannetons, glacés par la fraîcheur de la nuit, tombaient comme la grêle sur les mouchoirs. Arsène se jetait dessus et remplissait son sac. De branche en branche, de haie en haie, les deux amis poursuivaient leur marche.

— Il ne fait pas chaud comme ça de bonne heure, les pieds dans la rosée, disait Arsène en frappant du pied pour se délivrer d'une longue ronce chargée de toiles d'araignée et de gouttes d'eau qui brillaient au soleil ; dire que dans trois heures d'ici, peut-être quatre, nous étoufferons en classe ?

— Ça nous réchauffera, disait Etienne qui grelottait en silence.

Il avait les pieds nus dans ses sabots, et son vieux pantalon de toile était trempé jusqu'aux genoux ; mais il ne se plaignait pas. Il travaillait pour sa mère. Arsène l'aidait résolûment.

— Je n'aurais jamais cru qu'il y en eût tant que ça? répétait-il à chaque instant, à mesure que le sac devenait plus lourd ; j'en ai quelquefois cherché un cinq minutes sans pouvoir le trouver.

— C'est que le soleil était venu : ils n'étaient plus engourdis, disait Etienne, plus réfléchi que son ami. Hier, en revenant de l'école, comme il avait plu pendant que nous étions en classe, j'en ai rempli un grand bissac, que j'ai caché quelque part dans la haie. Tiens, le voilà ! Regarde, comme il est lourd ! Ils étaient tous accrochés aux feuilles ; on les cueillait comme des cerises !

Et il soulevait avec peine un sac plus pesant encore que celui qu'on venait de remplir. Arsène se laissa retomber à terre, dans un accès de découragement.

— Et comment veux-tu que nous portions ça jusqu'à l'école à nous deux ? demanda-t-il en riant. Il faudrait là mon frère Théodore. Si tu le voyais quand il monte les sacs de blé au moulin ! mais c'est que le blé ne remue pas, tandis que ces bêtes-là, ça griffe le dos. Ah! cria l'écolier qui avait hissé le sac sur ses épaules.

Et il laissa retomber son fardeau avec dégoût.

— Veux-tu que je te dise ? suggéra Etienne, qui avait continué son travail et qui augmentait à chaque instant le poids du sac : nous allons arriver chez le père Ducos, et nous lui demanderons de nous prêter une brouette que nous ramènerons ce soir !

— Voilà ce que j'appelle une bonne idée ! cria Arsène en jetant sa casquette en l'air.

La casquette tomba sur une branche de noisetiers qu'Etienne n'avait pas secouée ; une grêle de hannetons s'abattit sur le mouchoir encore étendu par terre ; on n'eut que le temps de les ramasser. L'heure de la classe approchait, les deux écoliers prirent leur course, poussant devant eux la brouette du père Ducos, qu'il leur avait volontiers prêtée, et ils arrivèrent triomphalement à l'école, escortés par ceux de leurs camarades qu'ils avaient rencontrés sur la route.

— Excusez, monsieur, dit un plaisant de six ans qui s'avança résolûment vers le maître d'école, son chapeau à la main : aujourd'hui il n'y a qu'une brouette; mais demain, ce sera une charrette à deux chevaux; on n'a pas eu le temps d'atteler, ce matin.

— Demain, je serai avec vous, et je verrai s'il n'y a pas moyen de vous faire travailler un peu, dit le maître en tirant doucement l'oreille de l'espiègle; sans Lambert et Hardy, j'aurais honte de l'école... Oui, mes garçons, l'hectolitre y est bien aujourd'hui. Trois francs que M. de Sainte-Honorine vous paiera pour ça, sans compter tout le reste; ça fait des bonnes journées; il n'y a pas beaucoup d'hommes dans nos campagnes qui en gagnent autant.

Etienne s'assit à sa place, rouge de plaisir; un instant après, il était devenu pâle, plus encore que de coutume; le pauvre enfant était bien fatigué. Depuis quatre jours, il dormait à peine et se livrait le matin et le soir au travail le plus pénible. Etienne avait cru qu'il était facile de secouer des branches et de ramasser des hannetons en jouant, il s'était bientôt aperçu que ce jeu devenait une fatigue pour peu qu'on s'y livrât quelque temps. Ses camarades jouaient à la chasse aux hannetons, et ils en apportaient une poignée. Etienne, souvent secondé par Arsène, travaillait, et plus de trois hectolitres de ces insectes nuisibles figuraient à son compte sur le registre de l'instituteur. « On ne fait rien de bon, si on ne prend pas au sérieux ce qu'on fait, » répétait sans cesse le maître d'école. La chasse aux hannetons ne faisait pas exception.

Le fameux jeudi était arrivé ; le rendez-vous des écoliers avait été fixé dans une grande prairie tout entourée d'une haie de chênes et de noisetiers. L'instituteur avait d'abord proposé d'aller dans les bois ; vingt voix s'étaient élevées aussitôt :

— Il n'y en a pas dans les grands bois, monsieur.

— Il faudra nous mettre à quatre pour en trouver un.

— Les chênes ont été abîmés sur la route ; c'est ça qui trompe ; mais un peu plus loin ils ont toutes leurs feuilles.

— Vous voyez ça quand vous allez cueillir

des fraises, dit le maître en riant : moi je n'ai pas le temps d'aller me promener dans les bois ; je n'avais vu, en effet, que la lisière de la route, comme vous dites.

— Nous nous réunirons dans le pré de la Mourerie, à six heures du matin.

— Les hannetons seront déjà en campagne, s'il ne pleut pas, dit tout bas Arsène en se penchant vers son ami.

Celui-ci fit un signe d'assentiment.

— Nous commencerons plus tôt que ça, fit-il ; en arrivant à la Mourerie, je veux avoir un sac comme celui de ce matin.

Arsène faisait semblant de frémir d'avance ; mais Etienne savait bien qu'il ne lui ferait pas défaut.

Le soleil se leva radieux et pur ; les hannetons, qui avaient eu froid pendant la nuit et qui étaient restés attachés aux branches dépouillées comme des grappes funestes, ouvrirent leurs ailes sous les rayons bienfaisants et s'envolèrent en tournoyant. Quelquefois ils se posaient de nouveau sur les haies ; mais à peine approchait-on la main, qu'ils reprenaient leur vol, heurtant le nez ou le chapeau de leurs persécuteurs. Rien n'est plus imprudent et plus étourdi qu'un hanneton.

— S'ils n'avaient pas leurs ailes! disait Arsène en les regardant passer sous ses yeux.

— Ils n'auront pas d'ailes l'année prochaine, repartit Etienne, qui savait toujours saisir ses ennemis au repos ; et ils ne seront pas plus commodes à attraper pour ça.

— Nous en aurons tout de même détruit un bon nombre par avance, disait gaiement le fils du meunier. Si, comme on dit, chaque hanneton pond une vingtaine de vers blancs nous avons rendu un fameux service à la patrie. Qu'est-ce que nous pouvons en avoir mis dans notre sac, Etienne ?

Celui-ci se mit à rire à l'idée de compter les hannetons, et tous deux arrivèrent bientôt au lieu du rendez-vous. Quelques-uns de leurs camarades y étaient déjà, courant le nez en l'air, comme des hannetons à deux pattes après les hannetons à six pattes. Ils n'en attrapaient guère ; et on les jetait avec dépit dans le fond des grands bissacs que l'instituteur avait solennellement remis la veille à chaque élève. Le sac d'Etienne s'élevait encore seul au milieu de la prairie; le maître d'école l'avait

yeux
haine,
sir ses
plus

oit on
ent le
haque
dances
a pa-
r mis

er les
ol au
leurs
a en
près
tra-
s le
vait
yé.
ni-
rait

P. 107. CHASSE AUX HANNETONS.

Lith. Cassan Toulouse

reçu et admiré, mais il n'avait pu le peser.

— On fera ça au château quand vous aurez ajouté la chasse de la journée, dit-il avec bonté.

Et il se disait à lui-même : « Brave garçon que celui-là ! On le trouve toujours quand on a besoin de lui. Il a la crainte de Dieu devant les yeux, et c'est ce qui le fait marcher si droit. Que je sois présent ou que j'aie le dos tourné, je sais bien que Lambert fait tout de même. Sans lui, Hardy me donnerait quelquefois plus de mal, tout bon garçon qu'il est ; l'amitié de Lambert lui est bien utile. »

Pendant que le maître réfléchissait, surveillait et n'attrapait guère de hannetons, en dépit d'un beau filet à papillons dont il s'était pourvu, Arsène avait entraîné Etienne dans un petit bois de noisetiers voisin de la prairie :

— Les hannetons n'aiment pas le bruit, dit-il ; quand ils vont entendre crier les autres, qu'on leur jettera des pierres, qu'on secouera violemment les branches, ils viendront se poser par ici pour se délasser et nous remplirons ces fameux bissacs.

— Nous achèverons de remplir le sac, dit Etienne ; nous y viderons nos bissacs.

Malgré tous les efforts des deux amis, le grand sac, celui qui contenait un demi-hectolitre, n'était pas plein lorsque l'heure du rendez-vous était arrivée.

Les instincts chasseurs d'Arsène ne l'avaient pas trompé ; les insectes troublés, éperdus par le bruit et le mouvement, s'envolaient tous de la prairie où les écoliers couraient en tous sens et venaient se réfugier dans le bois où les attendaient Etienne et Arsène. Les deux bissacs étaient déjà lourds. Arsène réunit les deux chasses, remplit un bissac et se mit en route pour le décharger dans le sac, pendant qu'Etienne restait à l'ouvrage.

— J'ai besoin de me distraire, disait Arsène.

A peine était-il hors du taillis que son désir fut pleinement satisfait. Au milieu de la foule bruyante, qui ne faisait pas grande besogne, les yeux perçants de l'écolier s'étaient portés sur le sac, objet de tant d'efforts et de préoccupations, qui reposait sur l'herbe au milieu de la prairie. L'instituteur était à l'autre bout du champ, interdisant une partie de chat perché, qui s'était organisée sous prétexte de courir après les hannetons dans l'herbage. Un enfant de neuf à dix ans, les mains dans les poches, sifflait un petit air et s'avançait d'un air distrait vers le sac d'Etienne. C'était sur lui que les regards d'Arsène étaient attachés.

L'écolier, surveillé sans s'en douter, se rapprochait insensiblement du sac ; il regardait parfois autour de lui, mais si rapidement et si furtivement qu'il ne voyait pas Arsène se glissant le long de la haie. Au moment où il touchait au but et qu'il étendait le bras pour ouvrir le sac et dénouer les cordons qui l'attachaient, la main robuste d'Arsène le saisit au collet :

— Ah ! tu veux donc faire de tes tours jusqu'ici ? disait le moniteur en secouant son camarade, moins grand et moins fort que lui.

— Mais non, balbutiait le petit malheureux. Je voulais seulement voir... Lâche-moi donc, Hardy, tu me fais mal... Je voulais seulement voir s'il y en avait beaucoup...

— Pour faire envoler ceux qui sont encore en vie et en mettre quelques autres dans ton bissac, comme tu fais quelquefois des pommes et des morceaux de pain qui ne s'envolent pas, n'est-ce pas ? Tiens, ton bissac était déjà ouvert, tout prêt.

Et Arsène, animé du généreux mépris d'un cœur honnête, donna un coup de pied au bissac du misérable enfant, qui se tordait sous son étreinte. Quelques hannetons qui y étaient emprisonnés s'échappèrent.

— Cours après ! dit Arsène en riant, et en secouant pour la dernière fois le petit voleur, qui ne se fit pas répéter l'ordre.

Arsène vida son bissac, puis il appela l'instituteur qui revenait à son poste d'observation.

— Je vous recommande le sac, monsieur, dit-il, le voilà tout plein : il y en a qui aiment bien à venir voir, comme ça, si nous avons fait bonne chasse ; ça fait que la marchandise s'envole.

Et Arsène, riant pendant que le maître riait aussi, reprit sa course vers le taillis où Etienne ne s'était pas ralenti un seul instant dans ses efforts. Lorsque le signal de la retraite fut donné, les deux bissacs, remplis des dangereux insectes, allèrent rejoindre le sac auquel personne n'avait plus osé toucher. Tout le reste des écoliers, mis ensemble, n'avaient pas autant travaillé qu'Etienne Lambert et Arsène Hardy.

On arrivait au château; les élèves les plus robustes traînaient à tour de rôle les deux brouettes; l'une portait les sacs pleins, l'autre les sacs vides. On avait placé dans cette dernière le petit garçon de l'instituteur, enfant de quatre ans, qui avait absolument voulu prendre part à la chasse, mais qui était si fatigué d'avoir couru et crié dans la prairie, qu'il ne pouvait plus marcher et trébuchait à chaque pas. En arrivant au château, M, de Sainte-Honorine feignit de le prendre pour un sac de hannetons, et l'enfant un peu inquiet, s'accrochait à la main de son père.

— Je ne suis pas un sac : j'ai une tête et deux jambes, répétait-il.

On commençait à peser les vrais sacs.

Lorsque le compte fut achevé, Etienne Lambert et Arsène Hardy, dont le travail avait toujours été commun, se trouvèrent avoir recueilli quatre hectolitres dix litres de hannetons. Leurs camarades, la grande chasse comprise, avaient environ un hectolitre. M. de Sainte-Honorine, qui avait voulu vérifier lui-même le compte, posa sa plume avec étonnement.

— M'expliquerez-vous cette différence? dit-il en regardant tous les écoliers rassemblés devant lui, et qui écoutaient ce qu'il venait de lire.

Personne ne répondait : les uns riaient d'un air embarrassé, d'autres tordaient leur chapeau, ou roulaient le coin de leur blouse ; quelques mauvais sujets marmottaient entre leurs dents : « Nous n'avons pas besoin de nous éreinter pour sauver les prairies des autres. » Le maître prit la parole.

— Les uns ont travaillé et les autres ont joué, monsieur : c'est toujours la même histoire.

— Et ceux qui travaillent ont leur récompense, dit M. de Sainte-Honorine en comptant 12 fr. 30 c. qu'il remit aux deux amis. Vous ferez votre compte ensemble, dit-il, puisque vous avez fait cause commune.

— Pas de danger que nous nous disputions, monsieur, dit Étienne en remerciant moins timidement que de coutume.

Arsène secouait la tête : « Nous allons bien voir, » disait-il tout bas.

On avait goûté, ceux qui avaient joué comme ceux qui avaient travaillé ; presque tous les écoliers avaient d'ailleurs reçu quelques sous, tout le monde était content. On courait dans le beau parc. Arsène avait entraîné Etienne vers un pavillon d'été, qui s'élevait sur une hauteur, en face d'un magnifique point de vue.

— Viens faire nos comptes, comme dit monsieur.

Et il s'assit tout haletant sur l'herbe, à l'entrée du joli kiosque.

— Ils ne sont pas compliqués, dit Etienne en riant ; et il tendait à son ami 6 fr. 15 c. M. de Sainte-Honorine a donné la monnaie tout exprès pour ça.

Arsène mit ses mains derrière son dos :

— Est-ce que tu crois que j'ai travaillé pour de l'argent ? dit-il avec un accent de reproche.

— Non (et l'affection sincère qui unissait les deux enfants vibrait dans la voix d'Etienne) ; je sais bien que tu as travaillé pour me tenir compagnie, mais, tout de même, tu as gagné l'argent et le voilà. Prends-le, si tu ne veux pas que je me fâche.

Cette fois, Arsène allongea le bras ; il prit l'argent et le glissa dans la poche du pantalon d'Etienne.

— Voilà, dit-il triomphalement. J'espère

seulement que la mère Lambert a bien raccommodé ce pantalon-là et qu'il n'y a pas de trou à la poche. Tu as dit à monsieur qu'il n'y avait pas de chances de nous quereller.

Et il partit comme un trait, laissant Etienne confus, perplexe, partagé entre le désir de rapporter à sa mère une petite somme utile, nécessaire même, dans le pauvre ménage et la honte d'un cœur fier qui reçoit des mains d'un autre ce qu'il n'a pas gagné par son travail. Il n'avait pas encore pris son parti lorsqu'il entra dans sa chaumière. Il consulta tout simplement sa mère.

— As-tu autant travaillé qu'Arsène ? demanda-t-elle.

— Plus que lui ! dit Etienne sans hésiter.

— C'est seulement sa part qu'il veut te donner, pour avoir le plaisir de penser qu'il a travaillé pour toi, continua la paysanne.

— Seulement sa part, il sait bien qu'il n'a pas fait la moitié de l'ouvrage.

— Eh bien, donne lui quittance du reste ; et Mme Lambert regardait son fils en face. Mon pauvre Etienne, il faut que tu en prennes ton parti : par affection ou par charité, il faut qu'on nous aide sur cette terre, et il faut que nous acceptions ce qu'on veut bien faire pour nous. Un jour ce sera peut-être ton tour d'aider les autres. En attendant, il faut se soumettre à la volonté de Dieu. Il fait des pauvres et des riches, pour que les riches aident les pauvres au nom de Jésus-Christ.

— Et les pauvres, ma mère? demanda Etienne d'une voix étranglée.

— Les pauvres prient pour ceux qui leur font du bien, et quelquefois ils peuvent aussi leur être utiles. Tu as souvent empêché Arsène de faire des escapades qui l'auraient fait punir, n'est-ce pas? Les hannetons que tu as détruits ne donneront pas de vers blancs l'année prochaine. Ce sera ça de moins dans les herbages du château.

Etienne sourit.

— Pour ça oui qu'Arsène est étourdi et que je l'arrête souvent; il m'écoute toujours, continua-t-il avec une tendre reconnaissance du bon caractère de son ami.

— Plus tard, d'autres t'écouteront peut-être comme Arsène, dit sa mère.

— Tu dis toujours « plus tard » (et son fils l'embrassait de tout son cœur), mais, en attendant, il faut travailler, et je vais apprendre mes leçons pour demain.

Attendre, en travaillant, sous le regard de Dieu, au nom du Seigneur Jésus-Christ, c'est là toute la vie.

LE PATINAGE EN CHAMBRE.

L'hiver était rude ; les étangs étaient recouverts d'une couche épaisse de glace, rugueuse et inégale sur bien des points, car le vent avait agité les eaux et le dégel avait plusieurs fois rompu la glace avant qu'un froid continu vînt enfermer les ondes verdâtres sous une prison d'un blanc éclatant. Partout la neige recouvrait la glace. Les teintes variées du paysage avaient disparu ; plus de troncs noirâtres aux branches dépouillées ; plus de sapins se glorifiant de leur robuste verdure, plus de pierres grises sur le bord du chemin ; à perte de vue la neige régnait seule, courbant sous son poids les arbres du bois, voilant les routes, les sentiers, les ruisseaux, les étangs de son manteau uniforme.

Tous les travaux du dehors étaient suspendus ; le cantonnier ne pouvait pas réparer les ornières ; les haches des bûcherons ne retentissaient plus dans les bois ; les pas des chevaux ne frappaient pas la terre glacée, et la voix des charretiers ne résonnait pas dans les airs avec leurs coups de fouet. Tout était silencieux et d'un aspect monotone. Les routes étaient désertes. Seuls, le facteur ou quelque robuste paysan pressé par une affaire osaient s'aventurer par les chemins, en enfonçant à mi-jambe dans la neige.

Le silence ne régnait pas dans la maison de Mme Laverdy, et la neige n'avait pas franchi l'enceinte du vestibule. Ce n'était pas sans peine ; car chaque fois que les enfants ouvraient la grande porte pour s'aventurer dans la cour, chaque fois qu'ils faisaient sortir ou rentrer le vieux chien aveugle qui demandait en pleurant un moment de liberté, la neige entrait sous les pieds des petits coureurs, avec les pattes du chien, jusque dans les plis des manteaux, et il fallait appeler un domestique pour faire disparaître les flocons avant que la chaleur du vestibule les eût convertis en longues rigoles au grand détriment du parquet. Emma, la fille aînée, le bras droit de sa mère dans les nombreux soins du ménage, n'appelait même pas toujours à son aide : « Voilà Mlle Balai à son poste, » disaient ses frères en riant ; et ils secouaient la neige de leurs bottes ou de leurs paletots comme ils n'eussent pas osé faire si Mme Laverdy s'était trouvée là. Emma grondait, mais le petit balai qu'elle affectionnait et qui lui avait valu son surnom enlevait proptement les traces accusatrices, et les malins écoliers n'attendaient qu'un moment favorable pour recommencer.

Ils avaient besoin de quelques distractions, les pauvres enfants, car une grande partie de leurs plaisirs habituels leur étaient enlevés. Eugène ne pouvait, comme de coutume, passer de longues heures au bord des étangs, plaçant ou relevant une multitude de lignes, souvent chargées de poissons. Louis ne pouvait pas détacher les chiens et courir dans les bois, le fusil sur l'épaule, à la piste d'un lapin. Les poissons étaient en sûreté sous leur prison de glace ; les lapins étaient protégés par leur pressant danger : la loi sur la chasse était là pour interdire la poursuite du gibier en temps de neige, et Mme Laverdy, l'ennemie jurée des braconniers, avait enfermé le petit fusil pour mettre ses fils à l'abri de toute tentation. Chaque matin, les allées du potager portaient les traces d'un véritable bal de lapin. « C'est une pitié, » pensait Louis ; « quel abatis on pourrait faire ! » Mais il n'osait pas le dire tout haut. Edouard était trop jeune pour aller à la chasse ; il n'aimait pas la pêche, parce qu'on faisait mal aux poissons avec les hameçons ; mais il avait coutume de visiter les ouvriers à leur travail, de causer avec eux, de leur raconter ou de se faire dire les nouvelles et il n'y avait plus d'ouvriers autour de la maison ni dans les bois.

Les trois garçons étaient désœuvrés et, par conséquent, ils étaient de mauvaise humeur et taquinaient leurs sœurs depuis le matin jusqu'au soir.

Leurs malheurs étaient arrivés au comble depuis que M. Laverdy avait rencontré Louis, qui essayait de faire glisser sur l'étang une petite caisse posée sur deux traverses. La voiture avançait difficilement, car la glace était inégale et l'équipage était pesamment chargé :

Juliette et Sara, à moitié couchées l'une sur l'autre, se serraient contre les parois de leur traîneau improvisé, riant et criant à chaque secousse. On ne faisait pas beaucoup de chemin; le cheval était rouge et très-essoufflé, malgré le froid pénétrant; mais M. Laverdy était arrivé au mauvais moment. Comme il débouchait au bout de l'allée qui conduisait à l'étang, Louis, qui poussait de toutes ses forces la petite caisse convertie en voiture, glissa des deux pieds et tomba sur la glace; le traîneau, subissant encore l'impulsion, s'éloigna rapidement, puis rencontra une pierre lancée par les écoliers; le choc fût rude, la caisse se renversa et les deux petites filles, jetées à terre, se mirent à pleurer à l'envi. Juliette, toujours vive et active, se releva promptement, tout en criant, et courut au secours de Sara; mais déjà son frère l'avait relevée et la tenait dans ses bras. Les petites mains étaient écorchées; le bout du nez de Sara saignait piteusement; Juliette avait une bosse au front : le spectacle était lamentable! Louis approchait tout boitant et pâle encore de sa chute.

— Je ne veux pas qu'on fasse des expériences sur la glace, dit sévèrement son père; si tes sœurs n'ont pas les bras et les jambes cassés, ce n'est pas ta faute.

Puis, apercevant Eugène, qui s'essayait à patiner un peu plus loin :

— Cette neige, qui cache les parties faibles de la glace, rend les étangs très-dangereux, ajouta-t-il ; je vous défends de patiner quand je ne suis pas là pour vous surveiller.

Et M. Laverdy remonta vers la maison portant d'un bras sa petite Sara et donnant l'autre main à Juliette, qui ne se plaignait pas comme sa sœur, mais qui sentait tous ses membres raidis et meurtris. « Comme nous aurons des bleus ce soir ! » pensait-elle.

Les garçons étaient consternés. Ils s'étaient assis sur le bord de l'étang. Louis avait de la peine à marcher. Eugène débouclait les patins qu'il avait déterrés avec tant de peine dans un coin du grenier : il avait chaud et s'essuyait le front.

— Je n'aurais jamais cru que ce fût si fatigant, disait-il ; quand papa nous l'a montré une fois, tu te souviens, il y a deux ans, il semblait avoir des ailes, tant il courait vite et légèrement sur la glace ; et je ne puis pas faire un pas sans me tordre le pied ou sans tomber à la renverse. C'est étonnant !

Louis ne répondait pas. Il était honteux et fâché ; son entreprise n'avait pas mieux réussi que les essais de patinage d'Eugène ; il avait eu peur en voyant tomber ses petites sœurs, et il aurait peut-être renoncé lui-même aux courses en traîneau, si la défense de son père ne lui avait pas donné de l'humeur. Il frottait en silence ses genoux endoloris, lorsqu'Eugène s'écria :

— J'ai une idée, une idée superbe !

Et il se pencha vers son frère pour lui communiquer son secret, aussi mystérieusement que s'il eût craint d'être trahi par les arbres chargés de neige, ou par les canards qui se promenaient piteusement sur la glace. Louis écouta un moment sans rien dire, toujours d'un air mécontent, puis il se mit à rire à son tour, si fort et si longtemps que les corbeaux perchés sur les grands chênes s'envolèrent au bruit. Les deux écoliers se levèrent ; Louis, encore un peu ébranlé, s'appuya sur l'épaule de son frère et tous deux reprirent le chemin de la maison. Les cygnes avaient rejoint les canards au bord de l'étang, et tous les oiseaux aquatiques, laissant dans la neige l'empreinte de leurs lourdes pattes, se dirigèrent vers la cour de la ferme, pour partager avec les poulets les poignées d'avoine que la servante jetait de temps à autre sur la neige.

— Il n'y a rien à faire dehors par ce froid-là, disaient les ouvriers employés à nettoyer les greniers, à scier du bois ou à curer les étables.

Il n'y avait rien à faire dehors en effet, et Mme Laverdy travaillait dans sa chambre avec ses filles. La maison était chaude et bien fermée, autant que les maisons peuvent l'être à la campagne : les habitants des villes auraient crié aux courants d'air en traversant les longs corridors, le grand vestibule où le vent sifflait en dépit des portières, des bourrelets et des doubles portes. Les grands feux alimentés par les bûches de la forêt suffisaient tout juste à rendre agréable l'atmosphère des chambres ; on courait dans les corridors. Tout le monde travaillait pour une pauvre famille du village qui n'avait jamais demandé de secours jusqu'alors ; mais le père était mort récemment, la mère était épuisée par les fatigues et les privations, et une voisine compatissante avait révélé à

Mme Laverdy que les enfants restaient tour à tour au lit, parce qu'ils n'avaient pas de quoi se vêtir.

— Il ne doit pas faire bien chaud sous cette vieille couverture, avait dit la charitable commère ; mais c'est toujours mieux que rien.

Mme Laverdy et ses filles, Emma et Paule, s'étaient aussitôt mises à l'œuvre. Juliette et Sara elles-mêmes, avant leur malencontreuse promenade, avaient ourlé le bas d'une chemise pour les pauvres petits Larue.

— J'ai deux jupons, moi, disait Juliette en relevant sa robe, est-ce que je ne pourrais pas en donner un à la petite fille, celle qui a les yeux bleus, maman ?

Mme Laverdy hochait la tête : elle aurait au besoin donné son jupon à elle, mais elle ne pouvait pas dépouiller ses enfants. On avait cherché, au fond de toutes les armoires : les provisions d'hiver avaient été épuisées au commencement de la saison ; pour habiller les pauvres qu'on connaissait, il avait fallu faire appel à toutes les ressources pour fournir le trousseau de la famille Larue. Emma ne se vantait pas d'avoir sacrifié une paire de souliers chauds dont elle comptait encore se servir longtemps.

Paule tricotait des chaussons avec la laine grise qu'elle avait destinée à faire des cache-nez pour ses petits favoris de l'école, on travaillait avec zèle ; personne ne songeait aux écoliers. Un instant leur mère sortit pour voir s'ils étaient au travail : les dictionnaires étaient ouverts, les plumes chargées d'encre, les têtes se penchèrent vers les cahiers lorsqu'elle entra. Mme Laverdy retourna paisiblement à son atelier de couture. Les vêtements des pauvres avançaient plus rapidement sous les mains des filles, que les devoirs latins sous la plume des garçons.

Emma et Paule habitaient une chambre qui donnait sur l'escalier. Tard, dans la soirée, elles distinguèrent les pas de leurs frères et des éclats de rire étouffés.

— Que font-ils donc ? disaient-elles.

— Ils courent un peu pour se désennuyer, suggéra Paule.

— Non, ils ont été voir le degré au thermomètre du vestibule ; ils ont sans doute cassé le leur. S'ils font ce tapage-là dans le corridor, ils réveilleront les petites.

— Ah ! elles dorment bien. Pourvu

qu'Edouard ne soit pas avec eux ! Je n'entends pas sa petite voie aigüe.

Edouard était délicat, et chaque fois qu'il se mêlait aux rudes jeux de ses frères il lui en arrivait malheur, ce qui ne l'empêchait pas de revenir sans cesse à la charge :

— On ne peut pas s'amuser toujours avec des filles, disait-il.

Et il s'écorchait les mains, il se meurtrissait les genoux ou il s'enrhumait sans se plaindre, content de faire acte de courage masculin. Mme Laverdy lui avait donné une chambre différente de celle de ses frères, dont la fenêtre était ouverte au milieu de la nuit pour examiner le degré au thermomètre, ou pour s'assurer de l'épaisseur qu'avait atteint la couche de glace ou de neige sur l'appui du balcon.

Paule et Emma finirent par s'endormir. Le silence régnait dans la maison; on dormait encore dans bien des chambres lorsque Mme Laverdy se leva, alluma son feu, mit sa robe de chambre, et commença tranquillement sa lecture de piété du matin : pour cette mère chargée d'enfants et des soins d'un grand ménage, il fallait devancer le jour pour trouver le temps de prier Dieu en paix.

Il était sept heures, et Mme Laverdy se préparait à sortir de sa chambre, lorsqu'on frappa doucement à la porte : un jeune domestique entra presque aussitôt l'air effaré, les cheveux en désordre. La stupéfaction et l'amusement luttaient sur son honnête figure de campagnard :

— Si Madame veut venir là-haut, s'écria-t-il ; on ne sait pas ce qui s'est passé dans la chambre de ces messieurs !

La mère n'en attendit pas davantage ; elle vola plutôt qu'elle ne courut le long du corridor, en haut de l'escalier ; elle poussa la porte de ses fils, qui était entr'ouverte ; mais son premier pas fut accompagné d'un cri auquel répondirent les cris des deux garçons : elle avait glissé en entrant.

— Prenez garde, maman : vous allez tomber ! disaient Eugène et Louis.

Quel spectacle ! Le plancher de la chambre avait disparu sous une épaisse couche de glace ; les meubles, entassés dans un coin, n'offraient aucun point d'appui à ceux qui voudraient s'aventurer sur cette plaine unie et dangereuse ; la commode et les lits seuls, impossibles à déplacer, indiquaient encore l'usage naturel de cette chambre transformée en étang. Les deux fenêtres étaient ouvertes; un vent glacé soufflait de toutes parts ; mais Eugène et Louis avaient chaud: ils étaient armés de leurs patins et tenaient gravement à la main une bougie allumée. Ils glissaient d'un bout à l'autre de leur chambre, revenant sur leurs pas, lorsqu'ils rencontraient la muraille ou un meuble incommode; ils chancelaient, ils se relevaient, ils riaient comme des fous, ils s'appelaient dans l'obscurité lorsque leurs lumières s'éteignaient simultanément, et ils se pavanaient fièrement aux yeux stupéfaits des domestiques qui se pressaient à la porte; personne n'osait entrer. L'arrivée de Mme Laverdy produisit un coup de théâtre. Les patineurs s'arrêtèrent à l'instant; leurs bougeoirs s'échappèrent de leurs mains. Sans la lumière qu'apportait leur mère, les ténèbres eussent été complètes. Le petit croissant d'une lune d'hiver apparaissait seul au-dessus des arbres.

— Qu'est-ce que cela signifie, messieurs? demanda sèchement Mme Laverdy, qui avait bien de la peine à s'empêcher de rire.

Son esprit, plus prompt que celui du domestique Jean, avait de suite compris l'entreprise des écoliers et son étrange succès. On leur avait interdit les étangs par crainte du danger : ils avaient établi un patinage en chambre !

Les deux garçons baissèrent les yeux d'un air confondu ; mais à la faible lueur de la bougie, Eugène crut découvrir un sourire qui errait sur les lèvres de sa mère ; il reprit un peu de courage.

— Papa nous a dit de ne pas patiner dehors sans qu'il fût avec nous, dit-il, moitié riant moitié s'excusant, et il n'a jamais le temps de venir. Alors nous avons eu... j'ai eu l'idée, reprit généreusement l'inventeur, de verser de l'eau dans notre chambre en ouvrant les fenêtres : nous avons fait comme ça un étang qui n'est pas dangereux. L'eau n'a pas coulé en bas, maman : nous avons versé très-doucement, et il faisait si froid que la glace se formait à mesure.

Le mélange de soin et d'étourderie triompha complétement du sérieux de Mme Laverdy ; elle se mit à rire et s'appuya contre le chambranle de la porte, n'osant pas pénétrer jusqu'à ses fils.

— Comme je n'ai pas de patins, je ne puis pas arriver jusqu'à vous pour vous châtier comme vous le méritez, dit-elle gaiement, à l'immense soulagement des deux patineurs. Je vous suis fort obligée de votre soin pour les plafonds ; mais avez vous songé au dégel ?

Les garçons se regardèrent ; la prévoyance de leur mère dépassait la leur; mais à l'idée de la chambre convertie en étang pendant huit jours peut-être, des glissades opérées jusqu'au lit pour se coucher, jusqu'à la toilette pour se laver les mains, jusqu'à l'étagère pour chercher un livre, tout le monde éclata de rire ; les domestiques s'enfuirent par respect. Paule et Emma, qui venaient d'arriver, Edouard à demi vêtu, Sara et Juliette qui s'étaient échappées des mains de leur bonne, tout le monde riait en même temps. Mme Laverdy se remit la première :

— Tous ces enfants vont s'enrhumer ! s'écria-t-elle.

Et saisissant Sara sous un bras et Juliette sous l'autre, elle poussait Edouard devant elle.

— Patinez jusqu'aux fenêtres, messieurs, et fermez-les, ajouta-t-elle d'un ton d'autorité; je vais revenir pour vous dire ce qui vous reste à faire.

Elle revint en effet. Eugène et Louis glissaient dans tous les sens, sous les yeux étonnés d'Emma, qui n'avait pas encore retrouvé ses sens et ne les avait pas grondés de leur méfait. Paule avait disparu sur un mot de sa mère. Comme Mme Laverdy se montrait à la porte de ses fils, Jean paraissait, chargé de deux énormes bouilloires.

— Quand on a fait une sottise, on la répare, mes garçons, dit la mère avec une pointe de malice : vous avez fait geler, il faut dégeler maintenant. Vous allez verser l'eau chaude avec les mêmes précautions que l'eau froide, sans quoi, gare à mes plafonds et aux réparations, qui se feront à vos frais. Si la couche de glace est épaisse, l'opération pourra être longue ; mais le plancher de votre chambre sera bien lavé.

Elle redescendit en riant. Emma restait debout à la porte. Les deux écoliers n'avaient pas songé à répliquer ; ils se rendaient compte que leur bizarre escapade aurait mérité une autre punition.

— Quel bonheur que maman entende la plaisanterie ! se disaient-ils à demi-voix.

— Et que la maison soit vieille et pas très-belle, reprit Emma.

— Si vous aviez fait un coup pareil chez ma tante Laure !

L'élégant château de « ma tante Laure » avec ses meubles de soie, ses parquets variés, ses délicates peintures apparut tout à coup à l'imagination des trois enfants à côté de la couche de glace sur laquelle ils glissaient à chaque pas. On riait en se mettant à l'ouvrage. Emma faisait preuve d'un grand dévouement ; elle avait relevé sa robe, et ses petites mains blanches enlevaient la glace à mesure qu'elle fondait aussi bien que les rudes mains des garçons ; elle s'était armée d'un vieux couteau, invention lumineuse que Louis s'empressa d'imiter. Eugène faisait de temps à autre une glissade sur le terrain encore intact.

— C'est effrayant comme on va lentement ! dit bientôt Louis en s'asseyant sur la glace pour s'essuyer le front.

Il gelait encore dans la chambre, malgré les fenêtres fermées et les aspersions d'eau bouillante sur le plancher ; mais les travailleurs avaient chaud, tant ils mettaient d'ardeur à leur œuvre de réparation.

— J'espère seulement que ça ne coule pas en bas, dit Emma ; chaque fois que je verse mon eau, je me sens prise de peur. Vous n'avez pas d'argent pour payer le dégât, je parie ?

— Pas un centime ; nous avons achevé la bourse en achetant des élastiques pour lancer des pierres ; il s'agit de nous tirer de ceci à notre honneur. Tout de même, je compte prendre un brevet pour mon invention. Pour les belles dames, ce sera si commode de patiner en chambre, au lieu d'aller au bois de Boulogne !

— Travaille donc, criait Louis ; si les belles dames avaient à enlever la glace après leurs exercices, je crois qu'elles en seraient bientôt dégoûtées. Je réponds que je me contenterai à l'avenir des étangs de plein air.

— Tu n'as pas d'imagination, répondit Eugène toujours riant.

Mais il se remit à l'œuvre. Emma avait disparu ; les deux frères travaillaient seuls, et ils commençaient à se disputer, lorsque Sara parut à la porte :

— Maman vous permet de venir déjeuner, dit-elle. Le lait est tout chaud : ça vous réchauffera.

Sara avait essayé une petite glissade dans un coin de la chambre, et elle s'était aussitôt étendue par terre. Louis descendit en la portant dans ses bras. Entre les chutes répétées des grands essais de patinage et le travail nécessaire pour enlever la glace, les deux écoliers étaient las, et tous leurs membres étaient raides lorsqu'ils entrèrent dans la salle d'étude pour déjeuner tranquillement auprès d'un bon feu. Emma, à genoux devant la cheminée, faisait griller des tartines.

— Tenez : cela vous fera du bien, dit-elle en empilant dans une assiette les séduisants morceaux de pain.

Les écoliers poussaient un soupir de satisfaction.

— Si seulement nous en avions fini avec cette maudite glace! disait Louis.

Eugène, plus gai, ne pensait qu'à son déjeuner.

— Quand nous aurons repris des forces, nous en viendrons bientôt à bout! disait-il.

La tâche était achevée lorsque les écoliers remontèrent dans leur chambre. Jean avait appelé à son aide cocher, jardinier, valets de ferme; on avait gratté, frotté, lavé : la glace avait disparu partout, et Jean essuyait seul le plancher pour effacer les traces des pieds de ses coadjuteurs.

— Ah! quel bonheur! c'est fini! s'écria Louis.

— Merci bien, Jean! dit Eugène; j'espère qu'il n'y a pas de taches au plafond!

Emma, saisie de la même idée, courait déjà au cabinet de son père, situé précisément au-dessous de la chambre de ses fils; quelques gouttes d'eau suintaient lentement le long de la corniche : Emma se précipita chez sa mère plus brusquement qu'elle n'avait coutume.

— Maman, s'écria-t-elle, tant qu'Eugène et Louis ont travaillé tout seuls, il n'y avait rien au plafond; maintenant il y a une petite tache: c'est que les domestiques ont voulu nous aider!

Mme Laverdy sourit. L'affection réciproque qui régnait dans sa maison lui était plus précieuse que ses plafonds.

LE CHAMP D'ASILE.

HISTOIRE D'UN HOPITAL DE VILLAGE.

C'était une vieille maison, un peu délabrée; elle était grande, elle avait l'air d'avoir vu de meilleurs jours. Placée au milieu du petit village, avec un jardin à l'entour, elle était isolée cependant, car elle s'élevait au-dessus des chaumières, et le joyeux babil des enfants ne retentissait pas à ses portes soigneusement fermées. Une femme habitait seule dans cette demeure, une femme du pays, qui l'avait quitté pour se marier. Elle était revenue au village, veuve et sans famille; elle habitait la maison qui lui avait été léguée par l'un de ses oncles. Elle n'en louait aucune partie, et n'habitait cependant que deux chambres.

— C'est une pitié de laisser comme ça un bon toit sans service, disait une mère, au jupon de laquelle étaient accrochés deux ou trois petits enfants. Elle portait le plus jeune dans ses bras. — Mon maître me renvoie à Noël ; il dit qu'il veut abattre sa maison. Le fait est qu'elle ne tient plus, et j'ai été voir si Mme Chaudet voulait me louer, pour quelques mois seulement, la moitié de ce qu'elle n'occupe pas. Elle m'a dit *non* tout de suite, très-poliment, comme elle parle toujours; mais elle a dit : « Je ne sais pas encore ce qui en adviendra de ma maison ou de moi. Je ne puis m'engager envers personne. J'attends. » Qui est-ce qu'elle attend? Est-elle folle? Croyez-vous?

L'interlocuteur haussa les épaules. Il ne savait rien de l'état d'esprit dans lequel pouvait se trouver Mme Chaudet, et ne s'en inquiétait guère.

— Qu'elle attende, dit-il avec indifférence; elle verra venir. Quant à sa maison, si elle n'y fait pas attention, elle lui tombera un jour sur les oreilles. Le vieux père Dardier n'y a jamais fait faire une réparation ; celle-ci n'y a pas touché ; les murs ont beau être bien bâtis, ils prennent de l'âge comme les hommes. Il y a de l'argent à dépenser pour mettre cette maison en état.

— Et elle n'en a guère, repartit la mère qui se consolait du refus qu'elle avait essuyé ; si la maison n'est pas solide, j'aime mieux que les enfants ne soient pas dedans. Je chercherai ailleurs.

Et elle rentra dans la chaumière.

Mme Chaudet n'attendit pas longtemps. Veuve et triste, elle avait rapporté dans son pays natal les petites économies qui lui permettaient tout juste de vivre, espérant ajouter quelque chose à son revenu par le travail d'aiguille auquel elle excellait. Tout en ourlant les bandes de mousseline, en taillant les belles chemises qu'on lui confiait dans la ville voisine, elle regardait autour d'elle, le cœur serré. Elle avait souvent visité cette maison dans son enfance, quand elle était remplie de jeunes gens et de jeunes filles, tous ses cousins, tous dispersés au loin ou dormant dans leur tombeau. Le vieil oncle qui lui avait légué sa demeure ne s'était jamais marié, mais il s'était brouillé avec toute la famille, et il avait choisi pour son héritière celle de ses parentes dont il entendait le moins parler. « Il y aurait eu de la place pour loger tant de gens, » se disait Mme Chaudet; « j'ai peut-être eu tort de refuser des locataires; j'aurais pu m'occuper des enfants. Enfin! J'attendrai encore un peu. »

Ce qu'elle attendait, c'était de connaître la volonté de Dieu.

Comme elle se parlait ainsi à elle-même, une voix plaintive retentit à sa porte :

— Pour l'amour du bon Dieu ! donnez-moi quelque chose ! disait-on.

Puis, comme effrayée du silence de la demeure solitaire, la mendiante ajoutait entre ses dents :

— Y a-t-il quelqu'un ici? c'est quasi une maison de morts!

Mme Chaudet avait paru à la porte, un morceau de pain à la main; elle n'avait pas de quoi faire la charité aux passants; eût-elle pu, elle ne l'aurait pas voulu. C'était une femme sévère pour elle-même et aussi un peu pour les autres : elle avait la mendicité en horreur; mais son cœur chrétien ne lui permettait pas de renvoyer les pauvres à vide. Elle prenait sur son souper, sur son dîner, quelquefois sur son déjeuner aussi ; mais elle donnait toujours un peu de pain à ceux qui l'imploraient. Elle tendait son offrande à la mendiante, lorsque toutes deux se regardèrent ; le pain tomba à terre ; la mendiante avait reculé.

— C'est toi, Emilie ! avait-elle murmuré.

Mme Chaudet la contemplait encore, cherchant à rappeler dans son souvenir des traits confus ; puis, comme frappée par un rayon de lumière :

— C'est Delphine ! ma pauvre Delphine, d'où viens-tu ?

La mendiante avait fait un mouvement pour s'éloigner ; mais elle était faible, malade ; elle n'avait rien mangé de tout le jour ; ses jambes pliaient sous elle. Elle s'affaissa sur le bord du chemin. Ses lèvres tremblaient ; elle essayait de parler :

— Je viens je ne sais d'où, et je vais je ne sais où ! dit-elle enfin à demi-voix.

Mme Chaudet l'avait relevée, et, la soutenant, la portant à demi, elle la fit entrer dans la salle basse qui servait naguère de cuisine. Dans sa solitude, la maîtresse du logis n'occupait qu'une chambre au premier étage. Elle fit asseoir la mendiante sur un vieux banc de bois et lui apporta un verre d'eau, que celle-ci but avidement; puis elle fit effort pour se relever.

— Laisse-moi m'en aller; je ne sais pas comment je suis venue tomber ici.

Mme Chaudet la retint.

— Tu es venue tomber ici parce que Dieu t'y a amenée, dit-elle fermement. Tu es malade, tu as besoin d'être soignée, et je te soignerai, ajouta-t-elle avec un léger effort.

Une parente dans la misère au point de mendier son pain, peut-être amenée là par une conduite mauvaise! Tout cela révoltait et humiliait Mme Chaudet : « J'aurais mieux aimé un pauvre petit enfant abandonné, une mère chargée de famille, » se disait-elle; « mais celle-là, tout le monde saura que c'est ma cousine!... C'est cependant celle-là que Dieu m'envoie! Allons! »

Et la servante de Jésus-Christ se leva, décidée à accomplir la tâche que lui imposait son Maître. « Je demandais quelque chose à faire, » pensait elle, non sans un certain regret de son imprudent désir.

Les chambres vides étaient meublées, car la maison avait été remplie naguère. « Si le père Dardier avait pu emporter ses chaises et ses lits, il l'aurait bien fait, » avait-on dit dans le village, à la mort du vieillard : « il y tenait comme à son âme. » Mais on n'emporte rien que son âme dans l'autre vie, et la maison était restée meublée. Un lit fut bientôt préparé pour la malade. Mme Chaudet sortit pour acheter un peu de sucre; car elle vivait, pour son compte, avec la plus austère économie. Lorsqu'elle revint, la pauvre femme s'était glissée hors du lit, prenant à peine le temps d'enfiler une jupe. Egarée par la honte, le remords et une fièvre croissante, elle avait voulu s'enfuir. Sa cousine eut bien de la peine à la traîner jusqu'à sa chambre après l'avoir trouvée à demi évanouie au pied d'un poirier.

Alors commença une maladie longue et compliquée. Le médecin du bourg voisin vint plusieurs fois; il hochait la tête et ordonnait constamment de nouveaux remèdes. Mme Chaudet était presque aussi pâle que sa cousine, tant elle était fatiguée de passer les nuits et de répondre sans cesse aux appels de la malade. Dans sa faiblesse, la pauvre femme avait perdu le souvenir de l'amère humiliation qui lui avait fait fuir d'abord la vieille demeure de sa famille; elle s'accrochait à cette protection unique restée pour elle dans le naufrage : « Ma cousine, » répétait-elle sans cesse, comme si elle affirmait son droit. Le médecin s'était retourné avec étonnement la première fois qu'il avait entendu ce nom. La mendiante avait quêté à plusieurs portes du village avant d'arriver à celle de Mme Chaudet; tout le monde savait qu'elle avait recueilli et qu'elle soignait une femme qui mendiait par les chemins, une va-nu-pieds, une coureuse. Le docteur regardait Mme Chaudet propre, grave, respectable :

— Votre cousine? répéta-t-il.

— Oui, monsieur : c'est Delphine Dardier. Vous vous souvenez peut-être de mes oncles : c'est la fille de Sophronyme Dardier. Je ne sais pas comment elle en est venue là. Ses parents étaient bien.

Mme Chaudet ne disait pas ce qu'elle avait appris dans les accès de délire ou des confessions involontaires de la pauvre Delphine : la paresse, le goût de la toilette, les mauvais traitements d'un mari qu'elle avait épousé sans le bien connaître, enfin une longue maladie dont elle était à peine relevée quand elle était venue tomber à la porte de sa cousine dans son village natal : telle était la triste histoire de Delphine et de bien d'autres comme elle. La garde-malade commençait à recueillir le fruit de ses peines; Delphine allait mieux, et le pâle visage appuyé sur l'oreiller avait déjà perdu quelque chose de cette mauvaise expression qui avait refoulé au premier abord la charité dans le cœur de Mme Chaudet. Elle remerciait Dieu maintenant.

L'œuvre que Dieu destinait à sa servante était plus grande qu'elle ne croyait. Delphine se levait; elle passait chaque jour quelques heures assise dans la chambre de sa cousine, dans cette chambre que Mme Chaudet s'était réservée et où elle n'aurait jamais cru faire entrer une mendiante; elle essayait même parfois de coudre, mais l'ouvrage tombait bientôt de ses mains débiles.

— Ce n'était pas mon métier, disait-elle pour s'excuser; je faisais des modes.

Et elle avait arrangé le vieux chapeau de Mme Chaudet, qui n'était pas reconnaissable.

— C'est trop élégant pour moi, voilà tout, disait la grave maîtresse de la maison; mais elle souriait en voyant travailler la pauvre malade. « Quand elle sera tout à fait guérie, elle pourra gagner sa vie, » pensait-elle.

C'était par une matinée d'automne, froide et pluvieuse ; Mme Chaudet, debout depuis longtemps, aidait Delphine à se lever, lorsque celle-ci tressaillit violemment et se laissa retomber sur sa chaise.

— Es-tu malade ? demanda sa cousine.

— Non, dit Delphine haletante, mais j'avais cru entendre le cri d'un enfant.

Toutes deux écoutèrent. Un vagissement faible, étouffé, mais reconnaissable pourtant, retentit pour la seconde fois dans le silence de la vieille maison.

— Il y a un enfant près de la porte, s'écria Mme Chaudet.

Et elle descendit en courant. En ouvrant la porte, son pied heurta contre un paquet assez gros, roulé dans un vieux châle ; un nouveau cri se fit entendre. Mme Chaudet ramassa le ballot, écarta les plis du châle : c'était un enfant de quatre à cinq mois, maigre et pâle ; à son bras était attaché un papier : « *Prenez-le ; il n'a pas de parents ; il y a de la place dans votre maison,* » « et dans mon cœur, j'espère, » se dit l'excellente femme, qui reconnaissait la main de Dieu dans cette rencontre, comme elle avait accepté sa volonté qui lui avait amené sa cousine mendiante ; et elle emporta dans la maison l'enfant glacé, mouillé et pleurant.

Delphine s'était traînée jusqu'au bas de l'escalier, qu'elle n'avait pas descendu depuis le jour où elle avait été reçue sous ce toit hospitalier : tout son corps tremblait d'impatience. Elle tendit les bras pour prendre l'enfant.

— Tu ne pourrais pas le tenir ; tu le laisserais tomber, dit Mme Chaudet ; laisse-moi t'aider à remonter. Quand nous serons dans la chambre, je te le donnerai.

Sans savoir pourquoi, elle comprenait que sa cousine aimait déjà le pauvre petit abandonné.

En arrivant sur le palier, Delphine se retourna avec un geste si suppliant, que Mme Chaudet lui tendit l'enfant sans rien dire. La pauvre femme s'accrochait aux murailles dans sa faiblesse, mais elle serrait dans ses bras son cher petit fardeau. Elle se laissa tomber sur une chaise, écartant les vêtements mouillés par la pluie, qui gênaient l'enfant. Le pauvre petit étendait ses membres glacés vers le feu ; il souriait. Delphine attachait sur lui des regards avides. Deux larmes coulaient lentement sur ses joues ; elle leva enfin les yeux sur sa cousine qui la regardait avec étonnement.

— Je ne t'ai pas dit que j'avais eu deux petits enfants, murmura-t-elle, ajoutant plus bas encore et d'un accent terrible : c'est lui qui les a tués !

Mme Chaudet frémit et ne fit point de questions ; elle s'empressait auprès de Delphine, apportant de l'eau chaude, un morceau de flanelle, un peu de lait, tout ce qui était nécessaire pour le petit garçon, mais ne cherchant pas à l'enlever des mains de sa cousine. Delphine serrait toujours le petit être dans ses bras, comme si elle craignait qu'on ne vînt le frapper contre son sein. L'enfant nourri, réchauffé, s'endormait ; la convalescente, accablée par son émotion même, s'assoupissait comme lui, mais sans relâcher son étreinte. Mme Chaudet plaça un oreiller dans le vieux fauteuil : la femme abandonnée, mendiant naguère son pain, le pauvre petit enfant trouvé reposaient paisiblement ensemble. « Elle le soignera et il la consolera, » se disait la charitable maîtresse du logis.

Il s'agissait maintenant de vivre; la prudence de Mme Chaudet s'alarmait de la difficulté de l'entreprise; du pain pour deux, un peu de viande, du sucre, quelque peu de vin pour la convalescente, du lait pour le petit enfant : où trouver ces nécessités de l'existence ? Pour vivre seule, Mme Chaudet avait besoin de travailler; comment son travail suffirait-il à la tâche qu'elle avait entreprise, à la tâche que Dieu lui avait envoyée ? Cette dernière pensée la rassurait. « J'avais demandé à Dieu de me donner quelque chose à faire pour lui, » se disait-elle, « il a exaucé ma prière; il ne me délaissera pas maintenant qu'il a amené chez moi ces deux pauvres abandonnés. » La toux creuse de Delphine, en frappant aux oreilles de sa cousine, semblait lui répondre : « Dieu ne laisse pas les siens sans appui dans le besoin. »

Cependant les petites économies de Mme Chaudet s'épuisaient; elle avait déjà fait un voyage à la ville, pour retirer de la caisse d'épargne une partie de son petit pécule, et elle prévoyait qu'il faudrait bientôt attaquer le reste. Elle était inquiète, agitée; Delphine le sentait douloureusement: « Quand je pourrai travailler, je m'en irai, » pensait-elle; « je suis à charge à ma cousine. » Puis elle regardait l'enfant endormi sur ses genoux, et il lui semblait que son cœur allait se briser comme au jour de la mort de ses enfants.

Mme Chaudet luttait contre le découragement, cherchant à s'appuyer sur sa foi; mais elle n'était pas préparée à une nouvelle épreuve de sa charitable confiance en Dieu. Un vieillard sans enfants, presque sans ressource, se mourait lentement dans une petite chaumière humide, froide, ouverte à tous les vents; il était paralysé et se traînait à peine sur le sol glacé, le soir pour arriver à son lit, le matin pour retourner vers son fauteuil de bois au coin du feu, qu'il allumait accroupi à terre comme un animal. Parfois un voisin entrait et lui apportait un morceau de pain ou un verre de lait; parfois personne ne venait, et le malheureux, qui ne pouvait aller demander à personne, souffrait en silence. Un jour cependant, il était seul depuis si longtemps; il se sentait si malade, qu'il laissa échapper des gémissements; on les entendit, on vint, on apporta du bois, du pain, du bouillon, du lait, puis, quand le vieillard fut couché, réchauffé, nourri, les assistants dirent entre eux :

— C'est une honte pour la commune ! Si le petit André ne l'avait pas entendu, le pauvre père Duvieux mourait sans secours. Il serait bien mieux chez Mme Chaudet.

— Mais Mme Chaudet voudra-t-elle le prendre ? disait un autre. Sa maison n'est pas un hôpital, et elle n'a peut-être pas de quoi nourrir tant de gens ?

— Il ne s'agit pas de nourrir : il faut que tout le monde aide à ça, reprit la femme qui avait eu la première idée ; je me chargerai bien de lui donner tous les jours un demi-pot de lait. Allons chez Mme Chaudet.

Déjà l'idée d'un asile sûr, ouvert aux maux de la terre, s'alliait, dans l'esprit des villageois, à celle de cette grande maison, naguère solitaire et vide.

Mme Chaudet recula d'un pas.

— Ma maison n'est pas un hôpital, dit-elle vivement, et j'ai déjà bien assez de gens à soigner.

Là elle s'arrêta : comment pouvait-elle refuser de recevoir un malade, un vieillard, un mourant, lorsqu'elle avait demandé à Dieu de l'employer au service des infortunés? *Sa* maison n'appartenait-elle pas à Dieu comme tout le reste des dons qu'il lui avait confiés? Ses voisines virent qu'elle hésitait.

— Je me charge de lui donner tous les jours un demi-pot de lait, dit la mère Hérault.

— Et moi, j'apporterai de suite une corde de bois, affirma un vieux paysan.

— Le boulanger promet trois livres de pain par semaine, reprit Mme Hérault.

L'affaire était emportée. Mme Chaudet céda.

— Si tout le monde veut s'y mettre, dit-elle simplement, je ne refuserai pas un asile à ce pauvre malade; seulement, sachez bien qu'il faudra continuer; je ne pourrais pas le soutenir toute seule!

On s'engagea à grand renfort de promesses. Le vieillard, stupéfait, fut installé dans une chambre voisine de celle de Delphine. « Il est sourd heureusement; il ne l'entendra pas tousser, » se dit Mme Chaudet, souvent réveillée par les quintes de sa cousine. Elle comptait de même qu'il n'entendrait pas les cris du petit garçon. Henri, comme on l'avait appelé, n'était pas toujours sage pendant la nuit.

Les secours abondaient à la vieille maison du Champ d'asile, comme l'appelait poétiquement le maître d'école ; il y avait du bois dans le hangar, des pommes dans le grenier; le lait était apporté chaque matin par l'un des petits garçons de la mère Hérault ; le boulanger tenait parole et laissait toutes les semaines un pain de trois livres à la porte de Mme Chaudet ; mais personne ne donnait de l'argent, et la maîtresse de la maison avait beau se lever matin et se coucher tard, elle travaillait à peine : les magasins de la ville qui lui fournissaient de l'ouvrage se plaignaient de sa lenteur. Le vieillard manquait de bouillon dans son extrême faiblesse. Delphine, saisie de l'appétit maladif ordinaire aux poitrinaires, avait besoin de viande ; la difficulté de vivre allait toujours croissant. Mme Chaudet priait Dieu de toutes ses forces. « C'est toi qui l'as voulu, » disait-elle, « mon Dieu, c'est toi qui l'as fait : n'abandonne pas ton œuvre. » Le secours se préparait déjà.

Un vieux château était perché sur la colline qui s'élevait abruptement au-dessus du village ; un vieux ménage y habitait : le père et la mère d'une nombreuse famille, éparse maintenant de tous les côtés. Une seule fille non mariée était restée auprès de ses parents ; elle était absorbée par les soins qu'elle leur prodiguait et ne s'occupait guère des paysans indépendants et dans l'aisance qui habitaient dans le vallon. Cependant Mlle de Cézanne se promenait parfois dans la campagne ; lorsque sa mère la trouvait pâle, ou qu'elle voyait, de ses fenêtres toujours fermées, briller dans les champs un beau soleil, elle disait :

— Eulalie, prends Ingra avec toi : le vieux chien sera content de se promener, — et descends jusqu'au village pour prendre l'air.

Eulalie cherchait à prouver que le parc convenait mieux à Ingra, mais la vieille dame savait que le tour du parc durait tout au plus vingt minutes ; elle voulait que sa fille prît de l'exercice, et elle l'envoyait « au loin, » disait-elle. Lorsque la bonne fille avait obéi, la vieille dame soupirait. « Que deviendrions-nous si celle-là s'était mariée aussi? » pensait-elle ; « mais quand nous ne serons plus là, ce sera bien triste! » Et elle regardait déjà par la fenêtre si sa fille revenait.

Un jour, Mlle de Cézanne parut au retour de sa promenade tout animée ; elle avait glissé sur la glace, en face de la maison de la mère Hérault, sans se faire aucun mal ; mais elle était tombée, sa robe était crottée. Les enfants étaient accourus au bruit de la chute : ils avaient appelé leur mère qui avait engagé Mlle de Cézanne à entrer dans la ferme. Elle s'était réchauffée auprès du feu, et Mme Hérault, en s'empressant autour d'elle, lui avait raconté toutes les affaires du village, trop heureuse de rencontrer quelqu'un qui ne sût pas aussi bien qu'elle les dernières nouvelles. Mlle de Cézanne avait oublié la plupart des faits intéressants qu'on lui avait racontés ; mais une idée lumineuse avait traversé son esprit en entendant l'histoire du père Duvieux, installé chez Mme Chaudet. « Si elle voulait recevoir la pauvre Marianne que ses parents voulaient mettre à l'hôpital de la ville, et qui s'est sauvée deux fois pour revenir dans cette affreuse petite maison où elle tombera un de ces jours dans la cheminée, et le vieux soldat, je ne sais plus son nom, celui qui n'a qu'un bras et une jambe, auquel mon père envoie toujours du tabac ! Je ne sais pas si la maison est grande, mais cette Mme Chaudet est évidemment très-bonne. D'ailleurs, je pourrais quelquefois aller l'aider, et nous paierions la pension des gens que nous enverrions chez elle. Ce serait l'hôpital du village! Il y a si longtemps qu'on dit que les grands hôpitaux sont mauvais, et puis les gens n'ont pas envie de s'éloigner de tous ceux qu'ils aiment! Ce serait une belle vie que de soigner ceux qu'on a vus depuis qu'on est né! » Mlle de Cézanne, un peu étiolée par la vie qu'elle menait entre deux vieillards malades et infirmes, était radieuse d'espérance et même de gaieté, lorsqu'elle vint exposer ses projets à sa mère qui souriait ; son père fut le premier à répondre à l'appel.

— Mon vieux Girard! dit-il, bien sûr qu'il faut le placer chez cette madame... cette Mme Chaudet... tu dis? Je paierai pour lui. Je lui donne de l'argent quand il vient, mais je crois que les gens chez lesquels il loge le lui prennent à mesure, car il se plaint quelquefois d'eux, et je le trouve maigri chaque fois que je le vois!

Puis, comme sa fille quittait la chambre pour ôter son chapeau et son manteau, le vieillard se tourna vers sa femme :

— Si cet hôpital pouvait se fonder, Clémence,

dit-il d'une voix émue, ce serait un grand bonheur pour Eulalie, quand nous n'aurons plus besoin de ses soins.

La mère ne répondit que par un regard d'intelligence, Eulalie rentrait ; mais elle avait eu la même pensée que son mari : après quarante-cinq ans d'union, les cœurs vivent de la même vie et devinent instinctivement les voies nouvelles où l'esprit s'engage. Mme de Cézanne réfléchissait à la perspective qui s'était ouverte aux yeux de son mari comme aux siens, et elle remerciait Dieu qui lui faisait espérer pour sa fille chérie un avenir moins triste qu'elle n'avait craint. « Elle s'est dévouée toute sa vie, » pensait-elle ; « elle sera heureuse en continuant à se dévouer, et nous prendrons soin qu'elle ait ce qui sera nécessaire pour faire marcher *son* hôpital. » La mère pensait déjà à la maison de Mme Chaudet comme à l'hôpital de *sa* fille.

Dès le lendemain, Mlle de Cézanne, un peu intimidée, malgré ses trente ans qui lui permettaient, pensait-elle, de se présenter seule partout, frappait à la porte de la vieille maison. Le cri d'un petit enfant répondit à l'appel ; on entendait le vieillard qui toussait dans un accès de catarrhe et la toux sèche de Delphine qui faisait écho. L'idée de la profonde charité de la maîtresse de la maison saisit tout à coup l'âme de Mlle de Cézanne, qui n'avait pensé jusqu'alors qu'à l'utilité pratique d'une demeure toujours ouverte aux pauvres et aux abandonnés. « Nous pensons à payer de notre argent ce qu'elle accomplit par ses fatigues, par son travail, par ses privations sans doute, » se dit-elle; et ce fut avec un véritable respect qu'elle regarda la femme robuste, simple, grave qui lui ouvrit la porte un enfant dans les bras.

— Pardon, mademoiselle, dit-elle : le petit se réveillait comme vous avez frappé.

— Les pauvres passent les premiers dans votre maison, n'est-ce pas? dit gaiement Mlle de Cézanne; c'est bien juste.

Mme Chaudet, qui la précédait pour lui montrer le chemin, se retourna vivement.

— Ils passent souvent les derniers dans ce monde, mademoiselle ; ici, ils sont les maîtres; c'est Dieu qui les a amenés.

Eulalie s'étonnait un peu du langage de Mme Chaudet ; elle ne savait pas encore combien l'amour de Dieu et la lecture de sa Parole élèvent et ennoblissent les pensées ; elle causait avec une franchise et un abandon qui ne lui étaient pas ordinaires lorsqu'elle sortait de la chambre de ses parents : l'affaire du vieux soldat et celle de la pauvre idiote étaient arrangées.

— Ma cousine m'aidera à les soigner, dit Mme Chaudet. C'est parce qu'elle est souffrante aujourd'hui que je tiens Henri ; sans cela, elle ne me le laisse pas toucher. Je ne pourrais pas recevoir tant de monde sans son secours, même quand on veut bien payer, ajouta-t-elle en jetant un regard de reconnaissance à Mlle de Cézanne, comme si elle lui avait rendu un service personnel.

Eulalie prit la main de l'excellente femme :

— Vous me permettrez bien de venir vous aider aussi quelquefois ? dit-elle d'une voix émue.

— Quand vous voudrez, mademoiselle ; il y a toujours de l'ouvrage, dit gaiement Mme Chaudet.

— Qu'est-ce qu'il y a à faire aujourd'hui ?

Et Mlle de Cézanne ôtait déjà ses gants. Mme Chaudet riait avec malice.

— J'étendais le linge que j'ai savonné ce matin, quand Henri s'est réveillé, répondit-elle.

Mlle de Cézanne n'hésita pas ; sa robe était déjà relevée pour éviter la boue du chemin ; elle s'avança résolûment vers la cuisine :

— Est-ce le linge ? demanda-t-elle en s'approchant du baquet.

Mme Chaudet fit un signe de tête et la laissa faire. Tout le savonnage était étendu, et Mlle de Cézanne avait fait sa bonne part de l'ouvrage lorsqu'elle reprit le chemin du château, le cœur réchauffé, les yeux brillants.

— Je suis un peu lasse, dit-elle en se laissant tomber sur une chaise lorsqu'elle entra chez sa mère ; le chemin est glissant et puis j'ai étendu du linge.

Et elle raconta son histoire.

— J'espère que Mme Chaudet sera une amie pour toi, dit doucement Mme de Cézanne lorsque sa fille eut achevé.

— Je n'ai pas besoin d'une autre amie que vous, dit sa fille en l'embrassant.

Mais elle avait compris la tendre sollicitude de sa mère : « Maman a raison, » pensait-elle, « quel bonheur ce serait de passer sa vie à s'occuper de ceux qui n'ont personne pour les soigner ! »

M. et Mme de Cézanne avaient vu Mme Chaudet, qu'ils avaient fait prier de monter au château. Elle sortit de son entrevue avec les deux vieillards émue et rassurée : « Dieu a ouvert ici les cœurs comme il a ouvert ma porte,» pensait-elle ; et chaque jour elle s'attachait davantage à Eulalie. Naguère, Mlle de Cézanne trouvait toujours quelque excuse pour éviter de descendre au village : le chemin était boueux ou glissant ; il faisait froid, il faisait chaud, il faisait du vent ; maintenant ni le froid, ni la chaleur, ni le vent, ni la neige, ne l'empêchaient de descendre chaque jour les pentes rapides de la colline.

— Voilà Mlle Eulalie qui va au Champ d'asile, disait-on en la voyant passer son panier au bras, apportant des fruits, du vin, des confitures aux malades et aux vieillards.

Toutes les chambres de la vieille maison étaient pleines. Quelquefois les portions étaient minces, les provisions s'épuisaient ; mais Mme Chaudet ne s'inquiétait plus :

— C'est la maison de Dieu, il ne la laissera pas périr, disait-elle.

« C'est la maison de Dieu ; Eulalie pourra l'y servir à son aise, » pensait Mme de Cézanne en sentant ses forces décroître chaque jour. « Si son père la retient ici, elle pourra toujours passer ses journées là-bas. Elle ne s'ennuiera jamais maintenant ; son cœur est rempli. » Et la mère remettait entre les mains de Dieu sa fille chérie, comme la maîtresse du Champ d'asile lui remettait les pauvres qui étaient devenus ses enfants. Dieu n'abandonne ni son œuvre ni ses serviteurs.

P. 163

LE JUPON DE MA TANTE AURORE.

Dans la petite salle d'asile d'une petite ville, toutes les dames inspectrices se trouvaient un jour réunies ainsi que les parents des enfants, car c'était le jour de la distribution des prix. Les petits garçons, rangés sur leurs gradins, regardaient gravement les petites filles qui exécutaient leurs exercices avec plus de grâce et non moins d'aplomb qu'ils n'en avaient apporté tout à l'heure à la même cérémonie. Une petite fille de cinq ans attirait tous les regards; au milieu de cette jeune foule, habituellement maigre et pâle, car les manufactures étaient nombreuses dans les environs et la population par conséquent étiolée et maladive, la petite monitrice frappait tout le monde par ses joues roses, son teint frais et ses beaux cheveux châtains soigneusement lissés sous un bonnet bien blanc. Elle portait majestueusement la collerette d'honneur et redressait sa petite taille en conduisant ses compagnes autour du poteau auquel était suspendu le tableau de lecture : « *B* avec *a* fait *Ba; B* avec *e* fait *Be; B* avec *o* fait *Bo,* » chantaient toutes les jeunes voix, et la monitrice touchait aussitôt du doigt celles qui s'arrêtaient dans leur leçon. Les maîtresses ne s'inquiétaient pas de ce petit groupe.

— Justine Simon fait marcher son monde! disaient-elles.

Mais les dames inspectrices, comme les petits garçons, avaient un autre motif pour contempler si attentivement la petite Justine. Son costume attirait les yeux non moins que sa jolie figure et son air résolu. Une robe de laine brune à gros pois orangés, coupée avec une extrême économie, faisait ressortir sa taille robuste et ses bras potelés.

— Il n'y avait pas d'étoffe de reste pour tailler cette robe, disaient entre eux les petits garçons.

— Les pois avaient mangé tout le terrain', chuchota un plaisant.

— Il n'y avait de place pour personne.

— On aurait bien fait de leur laisser le champ libre.

— Justine est plus gentille tous les jours.

Et on se poussait sur les gradins pour regarder la bizarre toilette.

Les dames inspectrices avaient déjà dit entre elles :

— Comment peut-on affubler ainsi une enfant ?

Le bruit de sanglots contenus éclata tout à coup sur les gradins ; chacun se retourna : un petit garçon de quatre ans tout au plus cachait sa tête dans ses mains et pleurait de tout son cœur. Ses camarades l'interrogeaient ; tout le monde se retournait : il ne répondait pas, couvrant de sa casquette ses bras et le devant de sa blouse. Enfin, pressé de questions, effrayé de voir la sous-maîtresse qui commençait à gravir le gradin, il s'écria :

— Ma blouse est comme la robe de Justine, et c'est le jupon de ma tante Aurore !

— Le jupon de ma tante Aurore !

La maîtresse, qui arrivait auprès du pauvre petit, s'arrêta éclatant de rire. Tous les garçons riaient comme elle. Un bambin de deux ans, qui ne comprenait pas du tout, riait si fort qu'il roula de son banc et eût glissé de marche en marche comme une boule si ses camarades ne l'eussent retenu à grand'peine.

— Ouf! qu'il est lourd! disaient les petits sauveteurs en le ramenant à sa place.

Mais l'école tout entière riait maintenant, garçons et filles, et tout le monde, à commencer par les inspectrices, répétait :

— C'est le jupon de ma tante Aurore!

Justine ne prenait pas part à la gaieté générale. Arrêtée au milieu de la leçon de lecture par l'explosion de la gaieté publique, elle ne faisait pas effort comme Pierre pour cacher le vêtement qui excitait tant d'hilarité. Les mots répétés de toutes parts, le nom de *ma tante Aurore*, les larmes de son petit frère qu'elle voyait de loin assis sur les genoux de la sous-maîtresse, tout avait révélé à la prompte intelligence de la petite fille qu'on se moquait d'elle, de Pierre et des habits qui les avaient charmés tous les deux lorsqu'ils les avaient endossés le matin pour la première fois. Justine ne pleurait pas; elle regardait autour d'elle d'un air résolu, comme pour défier les railleries.

— Il n'y a pas de trous ; ma robe et la blouse de Pierre sont propres, dit-elle enfin d'un ton sec en saisissant à droite et à gauche le jupon et la casaque de deux petites filles qui riaient de toutes leurs forces.

L'étoffe était plus jolie et plus fine que les vêtements du frère et de la sœur, mais le jupon avait un trou, une brûlure, et la casaque portait au bras une large tache de graisse. Les rieurs commençaient à passer du côté de Justine.

La maîtresse imposa silence aux rires et aux bavardages ; la cérémonie reprit son cours ; Pierre, les yeux tout rouges, revint à sa place et trouva moyen d'aller jusqu'à 4 devant le boulier-compteur. Il s'élevait quelquefois au nombre 10, mais son chagrin et son humiliation lui avaient fait perdre la mémoire ; sa voix tremblait, et il allait recommencer à pleurer, si la maîtresse n'avait aussitôt questionné le voisin. Justine, assise sur son banc, ne quittait pas son frère des yeux. En le regardant, elle reconnaissait dans son âme que les blouses unies et de couleur foncée faisaient meilleur effet que les pois jaunes. « Mais il était bien propre, au moins avant d'avoir tant pleuré, » pensait-elle. On voyait qu'elle avait été élevée dans le respect de l'ordre et du soin.

La distribution était achevée. Justine, chargée de couronnes, veillait aux préparatifs du départ. Pierre avait mis deux gâteaux dans ses poches au moment du goûter, et Justine, inquiète pour le pantalon, non moins précieux que la blouse, enveloppait les provisions dans un petit mouchoir bleu lorsqu'une des inspectrices s'approcha des deux enfants. Elle était jeune et belle ; mais ses yeux si doux étaient tristes ; sa bouche flexible exprimait la mélancolie ; on voyait qu'elle avait beaucoup pleuré.

— Et c'est le jupon de votre tante Aurore? demanda-t-elle sans autre préambule, en s'asseyant auprès du petit Pierre qu'elle prit sur ses genoux.

L'enfant baissa la tête :

— Oui, dit-il très-bas.

— Votre tante est-elle ici ?

— Elle ne sort jamais ! dit Justine un peu sèchement.

— Et elle n'a plus de jupon, rien que son vieux de tous les jours, reprit Pierre, toujours expansif ; sans ça, elle a dit qu'elle se serait bien traînée jusqu'ici.

— Traînée! Elle ne marche donc pas bien?

— Elle a mal aux jambes et elle ne se tient pas droite, révéla Pierre au moment où sa sœur, plus discrète, disait :

— Elle ne se porte pas bien, et d'ailleurs maman est toujours malade.

Une vision de la pauvre infirme, bossue, peut-être boiteuse, soignant dans son lit sa sœur malade et coupant son jupon pour habiller les petits enfants, apparut aux yeux de Mme Lussan ; elle se pencha vers Pierre et l'embrassa.

— Qu'est-ce que fait votre tante pour gagner sa vie et la vôtre? demanda-t-elle.

Pierre regardait la dame avec un peu d'étonnement : une larme brillait dans ses yeux et elle l'avait serré dans ses bras en l'embrassant. « Elle aime les petits enfants! » se disait-il. « Il ressemble un peu à mon Jean! » pensait la pauvre mère, qui avait perdu son fils unique.

— Ma tante Aurore tricote, répondit Justine très-soulagée quand elle pouvait enlever la parole à Pierre; elle fait des cache-nez, des mitaines, des chaussons pour les marchands; maman travaille aussi dans son lit, quand

Louise veut bien la laisser tranquille, et ne tire pas son aiguille.

—Un enfant trop petit pour venir à la salle d'asile! Quel âge a Louise? demanda encore Mme Lussan qui se levait.

— Dix-huit mois. Papa est mort quand elle venait de naître, dirent à la fois le neveu et la nièce de « ma tante Aurore, » tout consolés, par les bontés de Mme Lussan du malencontreux effet de leur belle toilette.

— Je viendrai voir votre mère et votre tante Aurore, dit la dame en quittant les enfants à la porte de la salle d'asile.

Justine avait tant de livres et d'images, qu'elle ne pouvait pas les porter ; elle avait relevé un peu de sa robe, le jupon qu'on voyait au-dessous était raccommodé de mille pièces, les bas tricotés de laines de diverses couleurs, restes des ouvrages de commande ; mais tout le costume des enfants méritait l'éloge de Justine : « Au moins c'est propre, et il n'y a pas de trous! »

Mme Lussan tint sa promesse dès le lendemain. La salle d'asile était en vacance ; les maîtresses se reposaient. Il n'en était pas de même des pauvres mères, harassées tous les jours par leurs petits enfants. Comme l'inspectrice frappait à la porte, elle entendit des voies plaintives :

— Justine m'a poussé ! — C'est que Pierre allait marcher sur Louise !

Les accents faibles d'une malade se confondaient avec les cris des enfants, mais un ordre ferme et résolu partit du coin de la chambre :

— Taisez-vous à l'instant ! Justine, relève ta sœur ! Pierre, fais attention à tes pieds et viens tenir cet écheveau !

La voix était grêle, un peu aiguë ; mais le bruit cessa : les enfants avaient obéi sur-le-champ. Mme Lussan entra.

Une femme s'était levée à son approche, si petite, si mince, si contrefaite qu'on l'eût prise pour une enfant malade, sans l'expression étrangement ferme du regard, et sans les rides qui sillonnaient déjà un front ouvert et pur.

— Ma tante Aurore ! dit Mme Lussan avec une gaieté de bonne grâce qui fit sourire la personne à laquelle elle s'adressait.

Les enfants éclatèrent de rire.

— Vous me connaissez déjà, madame ! dit la pauvre infirme. Justine, approche une chaise. Vous m'excuserez de m'asseoir, madame : j'ai grand'peine à me tenir debout.

Et elle se laissa retomber sur sa chaise, tricotant rapidement tout en parlant.

Mme Lussan regardait autour d'elle. Au fond de la chambre, dans un lit propre, mais dont les couvertures semblaient bien minces, même en été, reposait une femme évidemment plus jeune que ma tante Aurore. Un seul regard suffit à la visiteuse pour s'assurer que la mère ne sortirait de ce lit que pour se coucher dans son tombeau. Les mains amaigries de la malade faisaient cependant mouvoir rapidement les brillantes aiguilles d'acier. Justine avait saisi le peloton de sa tante; elle avait placé Pierre devant elle et elle formait un peloton non sans quelque ostentation d'activité. Mme Lussan ramassa la petite Louise qui se traînait à terre :

— Elle ne marche pas encore? demanda-t-elle.

— Hélas! non, madame; elle est née maladive, et nous ne pouvons pas lui faire prendre l'air comme il faudrait. — (C'était la mère malade qui parlait du fond de son lit) : — J'ai quelquefois peur qu'elle ne soit infirme, ajouta-t-elle en baissant la voix.

Ma tante Aurore avait rougi; elle se retourna vers la visiteuse d'un air d'excuse :

— C'est parce qu'elle me voit toute la journée qu'elle a de ces idées-là, madame, dit-elle; j'ai fait voir la petite à un médecin; il dit qu'elle n'a rien qu'un peu de faiblesse : les autres couraient avant un an, c'est pour ça que leur mère s'impatiente de voir celle-là toujours à quatre pattes; mais elle va bien, elle ne donne pas de peine.

Et la tante Aurore souriait à la petite fille qui jouait avec la chaîne de montre que lui avait livrée Mme Lussan.

Quelques instants encore de conversation, et Mme Lussan sortit, après avoir fait une commande de manches tricotées, de capuchons, de cache-nez, etc. Elle devait apporter de la laine, et promettait de trouver de l'ouvrage parmi ses amies. La reconnaissance de la courageuse infirme était grande.

— Les marchands paient si peu! disait-elle; et pendant les vacances les enfants coûtent plus cher!

La soupe de midi donnée à la salle d'asile

soulageait d'ordinaire le pauvre petit ménage. Mme Lussan avait le cœur serré en rentrant chez elle.

Elle avait le cœur joyeux aussi, lorsqu'en racontant le soir à son mari la visite qu'elle avait faite le matin, elle l'entendit s'écrier :

— Mais ma tante Aurore est un ange, tout bonnement !

Mme Lussan s'arrêta dans son récit ; elle avait été attirée par le modeste dévouement de la pauvre infirme, après avoir été frappée d'abord par son nom bizarre ; elle avait admiré instinctivement la délicatesse, le courage, la résolution de cette malade soignant une autre malade et nourrissant du travail de ses mains trois petits enfants qui n'étaient pas à elle ; mais elle ne s'était pas rendu compte de tout ce que la vie si simple de ma tante Aurore recélait de trésors cachés. L'exclamation de son mari les avait tout à coup révélés à ses yeux :

— Soignez ces enfants-là, ma chère ! dit M. Lussan, suivant du regard le doux visage de sa femme dont la tristesse lui inspirait toujours de poignants regrets ; soignez-les ; soyez pour eux une tante Lucie : ils apprendront facilement à vous aimer. Mais comment avez-vous fait leur connaissance? qui est-ce qui vous a amené chez eux ?

— Je les avais vus à la salle d'asile, et le petit Pierre ressemble un peu à notre Jean, dit très-bas la jeune femme.

— Ah! je comprends.

M. Lussan ne parlait jamais de son fils. La mère soupira : elle en parlait sans cesse à Dieu.

Elle apprit aussi à en parler à ma tante Aurore. Un jour, en caressant Pierre, un peu souffrant, qui s'était endormi sur ses genoux, elle dit à demi-voix, comme pour s'excuser d'être venue deux fois dans la journée savoir de ses nouvelles :

— Il me rappelle le petit garçon que j'ai perdu.

Il n'en fallut pas davantage pour avoir le secret des consolations que connaissait depuis si longtemps la pauvre infirme. Elle aimait Dieu et sa foi était si ferme, son espérance si radieuse, à travers tous les maux de sa vie, que Mme Lussan se sentait réchauffée et fortifiée chaque fois qu'elle passait quelques instants sous son toit. Son mari riait parfois de ses fréquentes visites à « ma tante Aurore, » mais il trouvait sa femme moins triste et plus sereine ; elle avait appris à se soumettre, en voyant un fardeau plus lourd que le sien porté courageusement au nom de la croix de Jésus-Christ. La sœur d'Aurore se mourait lentement et, avec elle, toute l'intimité et la douceur de la vie allait disparaître de l'existence de la pauvre infirme : une santé déplorable, des membres à demi-paralysés, la misère toujours à la porte et trois petits enfants à élever ! Aurore ne perdait pas courage, parce qu'elle croyait au Dieu qui entend la prière. Il avait envoyé Mme Lussan à son aide, au moment où elle voyait venir les grandes souffrances ; et le travail procuré par cette fidèle amie, les secours ingénieux, l'affection qu'elle témoignait au pauvre petit ménage étaient devenus un appui et une consolation inestimables ; mais si l'on avait demandé à Mme Lussan laquelle des deux avait le plus gagné à l'échange d'amitié et de services réciproques entre elle et la pauvre infirme, elle aurait répondu sans hésiter :

— C'est moi ; je l'aide sur le chemin de la terre : elle m'aide sur le chemin du ciel.

PAR UNE FENÊTRE.

SOUVENIRS D'UN MÉDECIN.

Il était tard. La nuit enveloppait depuis longtemps la campagne de ses ombres ; les paysans avaient quitté le travail depuis bien des heures ; ils se reposaient des fatigues du jour. Un silence profond régnait dans les champs déserts ; les maisons étaient closes, sombres et muettes ; les coqs n'avaient pas encore fait retentir l'air de leur premier appel ; les bestiaux, épars dans les prairies, relevaient seuls la tête au bruit des pas de mon cheval. Je revenais d'une course lointaine, heureux d'avoir laissé derrière moi un peu de joie et d'espérance dans une demeure que j'avais trouvée en proie à l'inquiétude et à l'effroi. Mon cheval était fatigué; il montait péniblement une côte raide; nous étions éloignés du logis et l'espoir du repos ne ranimait pas encore son courage; je descendis de voiture et je marchais lentement sur le bord de la route; les rênes flottaient sur le cou du cheval.

Tout à coup, à travers l'obscurité qu'éclairaient les lanternes de mon cabriolet, j'aperçus devant moi, à peu de distance, une petite maison qui s'élevait seule et isolée. Point de jardin pour la séparer du chemin; aucun enclos autour de la demeure. Quelques pas devaient m'amener au seuil. J'avançais, les yeux fixés sur la chaumière, étonné et préoccupé. Il était une heure du matin: j'avais fait sonner ma montre un instant auparavant. La petite fenêtre de la maison que j'examinais était illuminée d'une vive lueur. Pourquoi veillait-on dans cette cabane? que craignait-on? qu'attendait-on? L'instinct médical s'était ranimé dans mon âme: on était malade, on souffrait; on avait besoin de moi. J'avais pris mon parti de frapper à la porte et de m'enquérir du mal qui tenait les habitants de la chaumière éveillés et vigilants à l'heure où tout reposait autour d'eux.

J'étais sur le seuil ; ma main touchait déjà le loquet, lorsque je levai les yeux sur la petite fenêtre, tout à l'heure voilée par un rideau. Le vent qui sifflait à travers les grands arbres et qui agitait mes cheveux pénétrait par les fentes de la muraille et des bois déjoints; le rideau s'était écarté et mon regard plongeait dans la petite chambre. Je m'arrêtai involontairement ; je me penchai sur l'appui de la fenêtre et je regardai.

Une femme était devant moi, agenouillée sur les pavés inégaux. A côté d'elle un petit matelas était étendu à terre, et sur le matelas reposait le corps d'un enfant. Je ne remarquai pas au premier abord les deux chandelles qui brûlaient au pied de ce pauvre lit, et qui jetaient la lueur que j'avais aperçue du dehors ; je ne vis pas la petite croix de cuivre déposée sur la poitrine de l'enfant ; je ne distinguai pas les fleurs blanches semées sur le drap qui le recouvrait ; mais je laissai aller le loquet de la porte que ma main retenait encore ; ma présence ne pouvait être utile dans cette demeure ; le premier coup d'œil m'avait dit que l'enfant était mort.

La mère le regardait, absorbée dans une contemplation douloureuse. Ses mains étaient jointes, mais ses lèvres ne remuaient pas ; si elle priait, c'était dans son âme, et le cri de son angoisse montait tout droit devant Dieu sans s'exhaler en paroles. Elle ne pleurait pas ; elle ne faisait aucun mouvement ; immobile comme le cadavre de son enfant, elle regardait celui qu'elle aimait et qui lui avait échappé.

J'allais m'éloigner de la petite fenêtre, troublé par cette immense douleur à laquelle je ne pouvais apporter aucun remède, honteux de l'avoir involontairement espionnée, lorsqu'un mouvement accompagné d'un murmure sourd qui parvint jusqu'à mes oreilles, dans le silence de la nuit, attira mes regards vers le lit placé au fond de la chambre : vaguement et sans m'en rendre bien compte, je m'étais étonné de voir le matelas à terre et le pauvre petit cadavre étendu sur cette froide couche ; mais un homme se soulevait à demi sur le lit, à l'ombre des rideaux de vieille indienne ; il dormait et s'agitait dans ses songes inquiets. Je n'eus pas besoin de regarder deux fois son visage éclairé par la lueur vacillante des chandelles pour m'assurer qu'il était ivre.

La femme l'avait entendu comme moi ; elle s'était levée, mais sans avancer vers le lit ; elle hésitait. Ses yeux étaient toujours attachés sur le corps de son enfant ; un frisson de terreur semblait l'agiter, et le calme désespoir qui se lisait tout à l'heure sur son visage faisait place à un sentiment poignant de douleur mêlée d'un peu de mépris. Elle était grande, maigre, brune ; elle avait dû être belle dans sa jeunesse ; peut-être était-elle jeune encore ; mais les chagrins, les fatigues, sans doute les mauvais traitements lui avaient enlevé toute fraîcheur et toute beauté ; ses grands yeux noirs étaient caves et éclairaient ses traits d'un feu sombre. Elle n'avait pas fait un pas vers le lit. L'ivrogne était retombé dans son engourdissement.

Je ne songeais plus à quitter la fenêtre ; il me semblait protéger la malheureuse mère contre la brutalité du misérable qui s'était enivré à côté du lit de mort de son enfant. Je la regardais, et je suivais sur ses traits expressifs les signes du combat qui se livrait dans son âme. Elle était toujours debout contemplant son enfant; deux fois elle tendit les mains vers lui comme pour lui demander consolation et secours ; deux fois elle les retira, pénétrée par la cruelle conviction de la mort et de la séparation. Enfin, elle leva les yeux vers le ciel, vers ce Dieu qu'elle appelait à son aide dans son extrémité, et elle s'avança vers le lit, ramenant doucement les couvertures sur l'ivrogne, étirant les draps de ses mains tremblantes, écartant les cheveux en désordre qui couvraient le front de son mari, du père de son enfant, qui la laissait pleurer seule pendant qu'il se dégradait au-dessous de la brute. Tout en lui rendant ces soins affectueux elle se retournait à demi pour regarder son enfant, et l'ombre d'une grande paix planait sur son visage fatigué. Que restait-il donc à cette femme qui avait perdu son enfant, son unique enfant sans doute; car, elle était seule dans la chaumière avec le cadavre et l'homme endormi? Elle était enchaînée à ce malheureux qui, sans doute, la maltraiterait demain au sortir de son ivresse; elle n'avait plus rien sur la terre?

Non, mais elle avait quelqu'un dans le ciel;

elle priait, elle pardonnait, elle aimait : Dieu lui restait.

Je m'éloignai, sans bruit, de la fenêtre; mon cheval avait achevé de gravir la côte : il m'attendait patiemment, broutant une maigre touffe d'herbe sur le bord du chemin. Une heure plus tard, je rentrais dans ma maison, sous le toit paisible qui abritait ma femme, mes enfants, mon vieux père, tout ce que j'aimais, tout ce que je vénérais ici-bas; en m'endormant je revoyais la femme de la chaumière solitaire agenouillée à côté de son enfant, debout près du lit où dormait son mari ivre, et je la recommandais dans mon cœur au Père des miséricordes.

Je reconnaîtrai cette femme dans le ciel.

FIN.

TABLE DES MATIÈRES

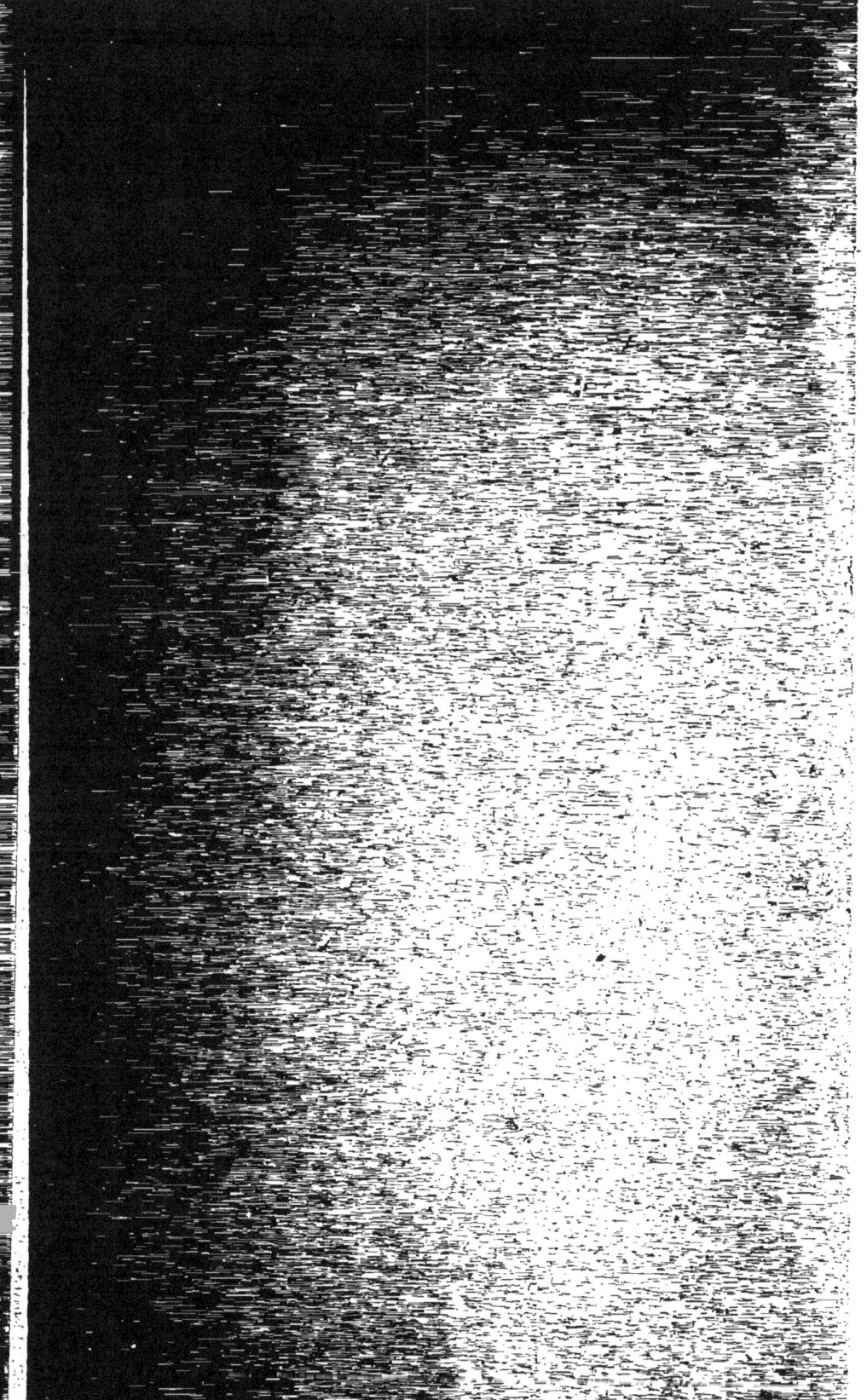

OUVRAGES DÉJA PUBLIÉS.

Histoire des premiers chrétiens, par D. Bonnefon. 220 p. in-12, avec gravures (presque épuisé). . . . . » 80

Les chutes du Niagara, par H. Fargues. 3 gravures et une carte, cart. or. . . . . » 60

L'instituteur de Saint-Julian, par Fr. Pelon. 220 pages in-12, cart. or. 1 25

Sara l'Italienne, par Mme Vallotton. 172 p. in-12, avec 2 gravures. » 70

Washington, sa vie, son caractère, par H. Fargues. 96 p. in-12, avec gravures. . . . . » 60

Les grands écrivains de la France, ou essai d'histoire littéraire à l'adresse de la jeunesse, par D. Bonnefon. 360 p. in-12, avec portrait. . . . . 2 »

Histoire d'un jeune chef de clan. Traduit de l'anglais. 95 p. in-18, avec gravures. . . . . » 60

Contes et récits, par Mme de Witt née Guizot. 184 p. in-12, avec gravures. . . . . 1 »

Farel, par Junod. 208 pages in-12, avec gravures. 1 50

Les grands chrétiens du moyen age, par D. Bonnefon. » 80

www.ingramcontent.com/pod-product-compliance
Lightning Source LLC
Chambersburg PA
CBHW070847030726
47504CB00005B/1247
9782014490862